Bagriy & Co.

Марина Устинова

Эволюция любви

Bagriy & Company
Чикаго
2016

EVOLUTION OF LOVE
Authored by Marina Ustinova

Copyright © 2016 by Marina Ustinova

Edited by
Olga Novikova
Susanna Orlova

Book design by Mykhail Kondratenko

Photography by
Sergey Arinushkin, Advertising Agency *Positive*,
Brian Farrell
Oleg Vaydner
Nina Kitz,
Yry Shiller
Gennadiy Kotlyarchuk

Additionally, the photographs used in this book are from the Marina Ustinova's private collection

ISBN: 978-0692633946

Bagriy & Company, Inc.
Chicago, Illinois, USA

Manufactured in the United States of America

Марина Устинова
ЭВОЛЮЦИЯ ЛЮБВИ

Истинная чистота, духовность и целомудрие заключаются не в подавлении собственных инстинктов, а в познании дуальности человеческой природы: мы бы никогда не слышали об ангелах, если бы не знали о существовании в нас демонов. Принятие собственной природы и преодоление тёмных сторон своего внутреннего мира – вот путь к истинной духовности.

Это, собственно, и составляет суть представленных в книге новелл «Эволюция любви» и документального повествования «Звёзды – небесные и земные», написанного в 2006 году и состоящего из двух частей: «По дороге в Голливуд» и «В Голливуде».

«Эволюция любви» отражает многообразие внутреннего мира женщин, способных любить. Что же касается звёздности… Автор хотела ответить на вопрос: что это – предопределение судьбы человека, начертанное звёздами, или характер, делающий свою судьбу?

СОДЕРЖАНИЕ

Сердечная благодарность Сюзанне Орловой
за содействие в издании книги.

От автора

В от уже несколько лет я, врач по профессии, которую получила в России, преподаю йогу. Йога подразумевает целостность, гармонию, чистоту, поиск себя как базу для духовного роста.

Я посчитала возможным написать эту книжку, чтобы стало понятно: путь к Свету возможен не только в монастырях и храмах, но и на перепутьях ежедневной жизни, когда отдаёшься ей сполна, живя в соответствии с собственными чувствами.

Десять лет назад я зарабатывала на жизнь, исполняя в одном из стриптиз-клубов Сан-Франциско эротические танцы. Этот непродолжительный, но значимый период в моей жизни научил меня тому, что социальная мораль сильно отличается от истинной нравственности. Для меня, двадцатитрёхлетней девушки, приехавшей среди тысяч других в США, нравственность заключалась в том, что из двух вариантов – быть содержанкой нелюбимого мужчины или использовать свой талант, женскую природу и зарабатывать деньги танцем – я предпочла второй, сохранив при этом внутреннюю чистоту.

Об этом периоде моей жизни не знал никто из моих близких, так как решение быть самостоятельной я приняла бесповоротно. Тогда у меня даже не было романтических отношений, лишь желание выжить в чужой, не ставшей ещё родной стране.

Истинная чистота, духовность и целомудрие заключаются не в подавлении собственных инстинктов, а в познании дуальности человеческой природы: мы бы никогда не слышали об ангелах, если бы не знали о существовании в нас демонов. Принятие собственной природы и преодоление тёмных сторон своего внутреннего мира – вот путь к истинной духовности.

Это, собственно, и составляет суть представленных в книге новелл «Эволюция любви» и документального повествования «Звёзды – небесные и земные», написанного в 2006 году и состоящего из двух частей: «По дороге в Голливуд» и «В Голливуде».

«Эволюция любви» отражает многообразие внутреннего мира женщин, способных любить. Что же касается звёздности... Я хотела ответить на вопрос: что это – предопределение судьбы человека, начертанное звёздами, или характер, делающий свою судьбу?

Звезды —
небесные
и земные

Все истории человеческих жизней уже были описаны классиками, и только человеческая индивидуальность и особенности культуры и истории делают жизненный опыт уникальным.

Как-то мой приятель, который несколько лет жил во французской иммиграции и работал в газете «Русская мысль», сказал: «Людям не нужна эта твоя писанина, они вспомнят о тебе тогда, когда у них бородавка выскочит» (это было уже после того, как он ушёл из журналистики в медицину). «Нужно, очень нужно, – возразила я. – Ведь человек как парусник в океане, и каждый движется в конкретном направлении, именуемом "судьбой". Корпус парусника – это тела человеческие, а души человеческие – это паруса. Порой в пути наступает полный штиль, и источником для ветра перемен или просто ветра, способного расправить паруса для дальнейшего движения, может служить неожиданно попавшаяся на глаза фраза или слово».

Было бы неправильным считать эту книгу подробным описанием моей жизни, потому что со времени памятного выпускного вечера в медицинском университете, когда Лера Столярова, Наташа

Поротикова, Ольга Аханова и я шагали в вечерних платьях по песочному берегу ночной Волги и мечтали о будущем, произошло гораздо больше событий, чем описано в книге. Поэтому в основном это отдельные короткие истории о реальной жизни, расположенные в хронологическом порядке. Я писала эти истории для друзей, которых мне так не хватало за рубежом.

Каждый раз, когда я возвращаюсь домой, в Россию, меня спрашивают: «Ну, как ты *там*?» За годы пребывания в США я так и не научилась говорить безразлично: ничего, мол, всё в порядке. Так что в некоторых моих очерках встречаются и более подробные рассказы о том, что происходило в моей жизни.

Я начала писать эту книгу в доме моей мамы. От первой написанной версии осталось всего десять страниц, а книга, которая задумывалась в качестве творческой сублимации, ностальгии, превратилась в творческое описание людей, событий и стран, оказавшихся на моём пути. Большая часть книги создавалась в оторванных от цивилизации условиях дикой природы, но без отрыва от ежедневного двенадцатичасового труда. Это было в благотворительном лагере для детей из неблагополучных семей, где я работала в медпункте.

«Господи, по какому бы жизненному пути ты не направил меня, пожалуйста, сделай так, чтобы на этом пути было достаточно места для моих друзей и любимых людей. И ещё: оставь, пожалуйста, при мне все хитрости и таланты, которыми ты наделил женщину со времён Евы, чтобы она могла выжить в этом мире»... Приблизительно такие слова произносила я, оказавшись в незнакомой мне стране среди людей, которые во всем были похоже на моих соотечественников, кроме, пожалуй, склада ума, менталитета и языка. Мне предстояло найти ответы на многие важные вопросы:

Какая же она – Америка?

Почему в книгах, которые я читала, у людей столько богов?

Существует ли чистая любовь?

Какие же они – актрисы, сошедшие с экрана в повседневную жизнь?

Если человек учился на врача, изучая человека по книгам, достаточно этих знаний для практики или есть ещё что-то за пределами знаний традиционной медицины о строении человека?

Как живётся людям, родившимся в Советском Союзе и проживающим за границей?

Что нужно обычной девушке, чтобы походить на тех, кого она встречает на обложках журналов?

Как попасть на экраны телевизоров и кинотеатров?..

Я знала, что не смогу успокоиться, пока не найду ответы на эти вопросы. Мне было не просто усидеть в одной комнате, зная, что за её пределами творится столько интересного.

Одним из моих любимых фильмов был фильм Андрона Кончаловского «Одиссей» по мотивам произведений Гомера. Особенно мне нравилась та часть, когда Одиссей, пройдя огонь, воду и медные трубы, возвращается домой и, вглядываясь в глаза Пенелопы, говорит: «Ты мой мир!»

В моей одиссее роль Пенелопы исполнила моя мама, терпеливо ожидавшая меня и не забывавшая, что когда-то сама в возрасте шестнадцати лет покинула дом своей матери, чтобы найти счастье в другой стране (ту деталь, что Украина и Россия тогда были одной страной, мы здесь опустим для придания некоторой драматичности повествованию).

Перед отъездом моя любимая подруга Люси во время нашей прощальной прогулки мудро указала рукой на цветущие тополя и сказала:

– Вот видишь? Запомни – и обязательно возвращайся!

Наверное, она была исключительным психотерапевтом (а это и была её профессия), поскольку, что бы я ни делала, где бы ни находилась, в успехе или в разочаровании, я всегда помнила эти *родные цветущие тополя…*

Эта книга посвящается:

моей маме, создающей тепло и уют, которых мне так не хватало в моих странствиях;

моему отцу – духовное наследие и творческие способности мне были переданы от его предков;

моему брату, с которым мы увидели свет в один день, и с тех пор его благополучие для меня не менее важно, чем моё собственное;

моим учителям и друзьям, без которых моя жизнь была бы пустой;

и всем тем, кого я любила и люблю, и тем, кто любил меня, – за вдохновение, сделавшее меня счастливой, и душевную боль разлуки, заставившей быть сильной.

Особенное спасибо людям, которые помогали мне финансово.

ЧАСТЬ ПЕРВАЯ

По дороге в Голливуд

ГЛАВА I

*Русская Золушка, или Как попасть
на церемонию вручения премии «Оскар»*

Двадцатитрёхлетняя обладательница свободно конвертируемой валюты (триста долларов), неплохо образованна, классически сложена, я приехала в Америку, чтобы успешно пройти здесь этапы «Мои университеты» и «В людях», почерпнутые у советского классика («Детство» благостно пролетело при любви родителей на родине).

И всё бы сложилось у меня наверняка благополучно в благополучной стране Америке, где исполняются мечты, если бы не мои любознательность и богатое воображение. Именно они привели меня к таким же сумасшедшим в мир Голливуда.

Итак, я приехала в Соединённые Штаты по программе студенческого обмена *Camp America* работать по трёхмесячному контракту в лагерь для детей из малообеспеченных семей. Мне хотелось выучить английский и посмотреть, как люди живут в других странах. То, что я увидела, так сильно отличалось от моего советского детства, что мне показалось, будто я попала в другой мир.

Это была уже моя вторая поездка за границу. А первым стало путешествие во французский Диснейленд, после того как были проданы акции «Газпрома», купленные на четыре ваучера, выданные моей семье. Денег хватило ровно на одну поездку в тесном двухъярусном автобусе в Европу. Диснейленд был недосягаемой мечтой провинциальной девочки. Когда эта мечта сбылась, в моём сознании произошли серьёзные изменения – я поняла: мечты могут сбываться. У меня появилась страсть к путешествиям и неуёмное желание познавать мир.

В то время я оканчивала Самарский медицинский университет и никак не вписывалась в имидж «популярной» девушки. Популярная девушка обязательно должна была носить короткие юбки, особенно не блистать умом и общаться с братвой, показателем социального статуса которой являлся вес их золотых цепей. У меня как-то всё это не получалось. Учёба, научная работа в области дерматокосметологии, художественная литература – это был мой мир в стране, где постепенно менялась система ценностей. А ещё, листая красочные журналы, я хотела, чтобы и моя жизнь была немного похожа на то, что я видела. Забегая вперёд, скажу, что не только моя жизнь через некоторое время напоминала картинки в журналах, но и мои собственные фотографии стали появляться в тех же журналах. Между этими двумя периодами прошло немало времени, и мало что мне было преподнесено на блюдечке с голубой каёмочкой.

Так вот, попав в атмосферу детского лагеря, где воспитывалось будущее американское поколение в особо созданной для этого среде, я решила, что Америка – удивительная страна. Америка действительно страна, заслуживающая уважения, но думать, что за пределами лагеря царят те же законы и правила игры, было большой ошибкой. После одиннадцати недель работы в лагере, загоревшая и хорошо откормленная, я отправилась в Сан-Франциско, самый крупный ближайший город. Мои познания английского были весьма ограничены, а я не знала ни одного человека в городе, за исключением приятельницы, которая жила в маленькой однокомнатной квартире.

Сан-Франциско произвёл на меня сильное впечатление, и мне захотелось сделать всё возможное, чтобы ненадолго (я ведь мечтала о Голливуде) остаться здесь жить. Это был красивый калифорнийский город, окраины и пригород которого сочетали ландшафт океана, леса и гор. Всё вместе производило впечатление величайшей гармонии и красоты в моём романтическом осознании мира.

Мой прожиточный минимум тогда равнялся пяти долларам в день, но каждый день был наполнен такой долей оптимизма и верой в успех, что безденежье не составляло особенной проблемы. Документов на работу у меня не было, и на квалифицированный труд я рассчитывать не могла. Однажды в одной из газет наткнулась на интересное объявление: *Blind hard smoking musician with non-smoking cat looking for caregiver* (Слепой, много курящий музыкант и белый некурящий кот ищут помощника). Меня оно заинтриговало, и я отнесла своё, только что составленное резюме по указанному адресу. Тогда я ещё не знала, что это объявление в газете окажется для меня судьбоносным.

Через неделю я была приглашена в квартиру весьма странного вида, обладателем которой являлся слепой музыкант, креол по национальности. Мы произвели приятное впечатление друг на друга, и мне была предоставлена комната с собственной ванной. В комнате едва помещались небольшой стол, кровать и моя единственная сумка с вещами, зато имелась такая роскошь, как отдельный вход. Остальной дом составляли гостиная, кухня и две спальни, в одной из которых жил Пол – хозяин квартиры. В доме бывало много разных людей – от музыкантов с мировой известностью до бездомных со знаменитой *Height street*, находившейся неподалёку. Улица была исторически известна тем, что в 1960-х здесь проходила так называемая сексуальная революция хиппи под девизом *Sex, Drugs, Rock-and-Roll*!

Хиппи пропагандировали свободную любовь. Это движение получило бы ещё большее развитие, если бы не появление СПИДа. Наркотики стали неотъемлемым компонентом радужного восприятия мира. Под незначительным их действием стирались рамки агрессивности, расширялось воображение и усиливались половые инстинкты: любовь втроём не казалась постыдной. Всё это было подведено под философскую базу всеобъемлющей любви. Моя приятельница даже рожала обоих детей у себя дома в окружении друзей-хиппи. Как бы то ни было, истинные хиппи и в зрелом возрасте оставались весьма неординарными личностями, чаще добрыми и открытыми.

Пол, в доме которого я жила, тоже употреблял наркотики, но по медицинским показаниям. Моя работа заключалась в оказании ему медицинской помощи. Полу официально был поставлен диагноз «рак поджелудочной железы», и его дни омрачались сильнейшими болями. Тогда он тихо раскачивался в кровати вперёд-назад – и так могло продолжаться часами. Ел совсем чуть-чуть – словом, кожа да кости. Физическое состояние у него было настолько тяжёлым, что люди, отвечавшие за его жизнь, обратились к услугам хосписа – организации, обеспечивающей безболезненный уход из жизни безнадёжных больных. И хоспис вкрадчиво, но настойчиво стал входить в наш дом. В доме стали появляться дорогие наркотики в неограниченном количестве, уменьшавшие боль. С друзьями и членами семьи проводились сессии групповой психотерапии. Это было дико и странно. Три раза в неделю участники группы поддержки и друзья (семья Пола находилась в другом штате) рассаживались на полу в круг и отвечали на вопросы типа: «Что вы чувствуете по поводу приближающейся смерти Пола?», «Когда, вы думаете, это случится?» Задача профессионального психолога состояла в том, чтобы эмоционально подготовить близких Пола к его кончине, а задача медсестры – обеспечить ему безболезненную смерть.

Хоспис находился в доме Пола около месяца, когда все вдруг стали замечать, что состояние больного не ухудшается, а, наоборот, становится лучше с каждым днём. Связано это было с эмоциональным подъёмом, который он испытывал в то время. Медицинское же обслуживание (учитывая стоимость круглосуточных сиделок и дорогих медикаментов) уже исчислялось десятками тысяч долларов в неделю. В результате было принято решение отказаться от услуг хосписа. К слову сказать, Пол прожил ещё пять лет после описываемых событий.

В минуты, когда боль покидала его, в нём обнаруживался сильный дух, чувство собственного достоинства и свойственный ему юмор. Когда я обращалась к нему с какой-то просьбой, он отвечал мне:

– Я темнокожий, слепой и не говорю по-русски.

И мы оба смеялись. Меня он называл исключительно Kid – ребёнок. Он много мне рассказывал о своей поездке в Россию, в Туву, и о том, с какой теплотой принимали его там люди, с каким восторгом реагировали на его знание тувинского языка.

Иногда в гости к нему приходили музыканты, странно одетые и разговаривавшие на непонятном мне сленге. Эти люди объехали полмира. Знакомство с ними было настоящим подарком для меня.

Судьба креола Пола Пенна во многом схожа с судьбой знаменитого певца Рэя Чарльза. Пол ослеп в раннем детстве и всю свою жизнь посвятил музыке. Он был признан в кругу профессионалов такими маститыми музыкантами, как B.B King. Но, в отличие от

Рэя Чарльза, так и не смог отказаться от главного врага творчества рок-музыкантов – наркотиков. Творческая карьера Пола закончилась в его неполные пятьдесят, когда он выпустил свой последний диск *New Train* (я была одним из его друзей, кому он посвятил этот диск). На его эмоциональное состояние повлияла также потеря его незрячей супруги, с которой они прожили много лет в одном, только им ведомом мире, где всё воспринимается через осязание. Самого Пола не стало в возрасте пятидесяти шести лет, что стало большой потерей для всех нас, кто любил и был рядом с ним последние годы. Моё пребывание в доме Пола Пенна прекратилось необычно, как и всё, что происходило в этом доме.

Волею судьбы я на несколько дней оказалась в доме нобелевского лауреата Ричарда Фейнмана в окрестностях Лос-Анджелеса, а потом и на знаменитом Параде роз, где благополучно встретила третье тысячелетие. А три месяца спустя – на незабываемой церемонии вручения премии «Оскар». После этого моя американская подруга иначе как русской Золушкой меня не называла. Она с юмором отметила, что американская Золушка, в отличие от русской, – это героиня фильма «Красотка»: девушка лёгкого поведения, она находит своего принца в лице миллиардера. Несмотря на нелепость такого сравнения, это было недалеко от истины. Голливудский взгляд на детскую невинную сказку меня совсем не устраивал, но тогда я ещё не знала, что мне придётся отстаивать свои нравственные принципы на Фабрике грёз.

ГЛАВА II

Первая поездка в Лос-Анджелес.
Парад роз

30 декабря 1999 года, в преддверии нового тыся-челетия, Пол сказал:

– Пора бы тебе познакомиться с ребятами.

Я не возражала. На следующий день, 31 декабря, я впервые вылетела в Лос-Анджелес, чтобы встретить Новый год в компании людей, снявших в Тувинской Автономной республике фильм *Genghis Blues*, главным героем которого был Пол. На этот раз вся съёмочная группа присутствовала на знаменитом Параде роз, что проходит ежегодно, 1 января, в Пасадине, под Лос-Анджелесом.

В полночь мы находились на улице Пасадины, где собрались тысячи человек в предвкушении Парада роз следующим утром. Звёздное небо, ликующая толпа – то была необыкновенно романтическая встреча Нового года. Вместе с нами – тувинские певцы, которые появятся на Параде роз всадниками на лошадях.

Наступило утро. Сконструированные из роз огромные по своим масштабам сказочные персонажи, сюжеты из фильмов и многое-многое другое проплывает на специальных платформах мимо восхищённых зрителей, запрудивших улицы. Миллионы роз всех сортов, цветов, оттенков. Настоящая сказка, возможная лишь в тропических странах, в непосредственной близости от Голливуда. Вот в ожидании такой сказки на улицах я и встретила новый год и новое тысячелетие, окончательно убедившись, что в моей жизни есть немало волшебного и мистического.

Со знакомства с «ребятами» началось моё знакомство с Голливудом и миром кино, со временем переросшее в любовь. «Ребятами» оказались молодые кинематографисты, которые сняли фильм *Genghis Blues*, а буквально через месяц моего пребывания в доме Пола стало известно, что их фильм получил номинацию на премию «Оскар» в разделе документального кино.

С создателями фильма, братьями Роко и Адрианом Белич, я познакомилась до того, как они познали свой головокружительный успех. Это и определило прочность наших отношений в будущем. Роко и Адриан – ярчайший пример того типа людей, которых называют *self-made man* (сделавших себя, состоявшихся благодаря своим личным качествам). Они дети эмигрантов – чешки и хорвата. Их отец, врач, погиб в океане, реализуя свою заветную мечту – одиночное плавание вокруг света на самодельно построенной лодке. Получив образование в Университете Санта-Барбары (Роко – в области киноискусства, Адриан – в области политических наук), братья сочетали путешествия по миру с работой для разных продюсеров. Их сюжеты были показаны на *CNN International* и *Sky Television KRON 4*. Три года они занимались производством *Genghis Blues* и всё это время жили с матерью в Сан-Франциско, над авторемонтной мастерской, в районе, известном своими порномагазинами и продажей наркотиков. Финансовая ситуация изменилась после того, как их фильм получил призы на многих фестивалях (в том числе *Sundance, Sydney Festival, Edinburgh Festival*) и были заключены контракты с продюсерами и агентствами.

В основу фильма *Genghis Blues* положена история слепого блюзового музыканта. Пол Пенн (герой их фильма и мой пациент) из-за отсутствия зрения не смотрел телевизор и редко выходил из дома. Большую часть времени он проводил слушая радио, переключаясь с одной волны на другую. Как-то, попав на московскую радиостанцию, обнаружил незнакомое ему пение, называемое горловым. Так он познакомился с национальным тувинским искусством, техника которого была настолько необычна, что Пол, гитарист и певец, начал самостоятельно изучать не только горловое пение, но и тувинский язык. В дальнейшем представилась возможность поездки в далёкую Туву. Тувинская Автономная республика, расположенная на границе с Монголией, была в то время частью Советского Союза.

Тема путешествия слепого американского блюзового музыканта в далёкую Туву была близка братьям Белич, будущим создателям фильма. Их всегда интересовали неординарные человеческие судьбы, невероятные истории, открытие новых для них географических мест. Фильм был начат благодаря собственным вложениям братьев. Деньги зарабатывали на случайных работах, брали кредиты. Фильм обошёлся в двести тысяч долларов, Роко и Адриан работали над ним несколько лет. Около полугода они потратили на изучение того, как пользоваться оборудованием для монтажа, более ста часов изучали ручной монтаж.

К моменту, когда их фильм был выдвинут на соискание такой престижной премии, как «Оскар», Адриан приближался к своему тридцатилетию, а Роко ещё не было двадцати семи.

После успеха первого фильма их интересы в области кино разошлись: Роко стал работать над фильмами в области духовного, Адриан посвящал свои фильмы политике и благотворительной деятельности.

Разные люди встречались им за годы работы над фильмом. Многие не верили в их успех:

– Во-первых, – «авторитетно» заявляли они, – Тувы не существует. Во-вторых, горлового пения быть не может. В-третьих, нет слепого музыканта, который бы собирался заниматься горловым пением. В-четвёртых, если вдруг и сделаете фильм, никакой ценности он представлять не будет.

Другие люди, такие как Ральф Ленгтон, оказывали реальную поддержку, в том числе финансовую. И без него рождения картины не состоялось бы.

История создания *Genghis Blues* своими корнями уходит во времена железного занавеса между

Америкой и Россией и увлечением знаменитого на весь мир американского физика Ричарда Фейнмана далёкой Тувой, не тронутой цивилизацией. Лауреат Нобелевской премии Ричард Фейнман мечтал побывать в далёком уголке бывшего СССР и стремился к этой поездке всеми возможными способами, натыкаясь на многочисленные бюрократические преграды из-за царившего напряжения в то время между двумя странами. Когда же долгожданная виза была получена, Фейнман не смог ею воспользоваться – он скоропостижно скончался от рака буквально за несколько недель до получении визы.

После смерти Фейнмана Ральф Ленгтон, его ученик, осуществил мечту учителя и полетел в Туву. Его встречи, впечатления о Туве, а также история дружбы с прославленным учёным Фейнманом легли в основу написанной им книги *Tuva Ore Bust!* Ленгтон же познакомил Роко и Адриана с тувинскими музыкантами и оплатил поездку съёмочной группы в Туву.

Таким образом, создание фильма – результат не только кропотливого труда, веры в человеческие способности и силу духа. Это ещё и отражение взаимозависимости судеб разных людей, их пересечения, влияния одной на другую. Вот что наполняет фильм живыми эмоциями и, очевидно, послужило причиной столь тёплого приёма ленты американской и европейской аудиторией.

Наше пребывание в доме дочери нобелевского лауреата Ричарда Фейнмана оказалось символичным. Ребята, приехавшие из Тувы, исполняли горловое пение в её доме, играли на национальных инструментах. Горловое пение – это когда инструментом является человеческое горло, издающее глубокие красивые гортанные звуки. Этот уникальный вид пения с огромным интересом и теплом приняли американцы. Но не только фольклор привлекал Ричарда Фейнмана в далёкой Туве, когда он хотел её посетить. Загадочные шаманы, владевшие умами людей и влиявшие на их судьбы, также были притягательны для американца с математическим складом ума, знавшего физику в совершенстве.

Сколько парадоксов в нашей жизни! Может быть, благодаря шаманам фильм о Туве получил столько призов? По крайней мере, создатели фильма верят, что так оно и есть. Мы уже никогда об этом не узнаем. Несколько месяцев спустя у меня появилась возможность познакомиться с тувинскими шаманами ближе, но об этом стоит написать отдельно.

После окончания Парада роз вся наша группа создателей фильма ужинала в ресторане, где, по приглашению Ленгтона, к нам присоединились режиссёр Сергей Бодров и его жена Кэролайн. Мне не было знакомо лицо Сергея Бодрова-старшего, и я слишком была поглощена происходящими событиями, чтобы уделить внимание присоединившимся к нам гостям. Только после ужина я узнала, кто они, и, к моему счастью, нам предстояла встреча на следующий день.

Сергей Бодров-старший на тот момент был одним из немногих российских режиссёров, живших и работавших в Америке. Его жена (итальянка по происхождению) была, по моим наблюдениям и рассказам моего друга, настоящей спутницей его жизни, поддерживавшей его в сложные моменты творческой и личной жизни. Во время нашей встречи ещё не произошло непоправимой трагедии с его сыном. Незадолго до гибели сына Сергей Бодров с Кэролайн вселились в собственный дом в штате Аризона, и совместное увлечение буддизмом помогло пережить им это страшное горе.

Мы вернулись в Сан-Франциско. Я – в дом Пола, Адриан и Роко – в свою квартирку над автомастерской, Ральф Ленгтон с тувинскими гостями – в свой роскошный дом. Позже мы в том же составе отмечали день рождения Пола. Я готовила русскую еду и вообще была чрезвычайно полезна, так как единственная могла говорить и по-русски (как наши тувинские гости), и по-английски.

Физическое состояние Пола ухудшалось, а эмоционально он был на своём пике, потому что был счастлив узнать об успехе фильма. В доме всегда находились люди, постоянно заботившиеся о его здоровье. А я со стороны наблюдала, как известность, успех меняют поведение людей.

Мне казалось, что моё пребывание в доме уже не так актуально. Пришло время заняться поиском работы. Случилось настоящее чудо: моя вторая попытка увенчалась успехом. Я была приглашена на интервью к профессору Нэнси Ли в научную лабораторию. Но прежде чем начать работу, мне предстояло по-настоящему познакомиться с Голливудом.

ГЛАВА III

Первое знакомство с Голливудом.
Участие в церемонии вручения премии «Оскар»

На знаменитой церемонии вручения премии Американской академии киноискусства «Оскар» в Голливуде я побывала в первый год своего пребывания в Америке. Это происходило 26 марта 2000 года. Мы приехали в Голливуд из Сан-Франциско вместе с авторами документального фильма *Genghis Blues*, продюсером и его женой. Помимо участников церемонии, нас сопровождала группа поддержки.

Утром были заказаны два лимузина, один из которых сломался. Наш менеджер Роберт Кинг рвал на себе волосы, так как достать лимузин в Лос-Анджелесе в день церемонии вручения «Оскара» практически невозможно. В гостиничных номерах, в которых мы остановились, царила неразбериха. Фоторепортёры, журналисты из газет Сан-Франциско, представители Американской киноакадемии, друзья номинантов – все эти люди находились в комнатах гостиничного отеля с самого утра.

На церемонию должны были поехать десять человек – столько билетов получили создатели нашего фильма от Академии. Три билета значились в первые ряды, рядом с номинантами из других категорий, остальные семь – подальше.

Стать участником церемонии совсем непросто. Надо иметь непосредственное отношение к фильму, номинированному на «Оскар», или близкое отношение к создателям фильма. Я попала во вторую категорию, так как на руках у меня был билет Пола, который не смог поехать на церемонию по состоянию здоровья. Даже его гёрлфренд не получила такой возможности, поэтому я считала себя настоящей избранницей судьбы.

Наш кортеж отправился из гостиницы около трёх часов дня, чтобы после непродолжительной поездки по городу подъехать к зданию Кодак-театра на Голливуд-бульваре. Церемония вручения начиналась в пять часов и должна была длиться до десяти вечера.

Лимузины подъехали к красной дорожке. Нас проверила охранная служба. Особенно её беспокоило наличие фотокамер, так как фотографировать внутри помещения строго запрещалось.

Красная дорожка, по которой мы проходили в театр, имела небольшое ответвление – для интервью с номинантами. Что такое пройти по красной дорожке на «Оскар» в центре Голливуда, какие чувства при этом испытываешь – передать словами очень сложно. Это запоминается на всю жизнь. И совсем не важно, знаменит ты или нет. Проходя через толпу фотографов и зрителей, чувствуешь головокружительный успех, и кажется, что в эту минуту весь мир принадлежит тебе.

Один из двух главных героев нашего фильма был одет в национальную тувинскую одежду, чем привлекал особое внимание фоторепортёров. Некоторые из этих фотографий были опубликованы в «Лос-Анджелес хроникал». На следующий день «Сан-Франциско хроникал» посвятила целую страницу нашему участию в этой престижнейшей церемонии.

Перед нами шёл Роберто Бениньи с женой. Американцы особенно любили его за фильм «Жизнь прекрасна», и со всех сторон раздавалось: «Роберто! Роберто!» У него брали короткие интервью, он позировал перед фотокамерами, и никто не имел права пройти, пока всё не окончится.

Многие из звёзд надевали экстравагантные наряды, чтобы привлечь дополнительное внимание журналистов. Как, например, британская певица Бьёрк. Появившаяся в балетной пачке, напоминающей лебедя, она обеспечила себе публикацию как минимум в нескольких журналах.

Я себя ощущала невероятно счастливой – вся атмосфера располагала к эмоциональному подъёму. Сейчас, когда я пишу эти строки, шесть лет спустя, возникают в памяти яркие, волнительные, поистине незабываемые моменты моей тогдашней жизни. Помню, как несколько месяцев откладывала деньги, как бродила по городу в поисках платья, помады и туфель, по цвету подходящих к платью. Помню, как после покупки платья у меня совсем не осталось денег на сумочку, а голливудскому менеджеру киногруппы

Роберту Кингу пришлось записывать свои координаты на подошве моей туфли ручкой. Несколько лет спустя, когда я освещала для газеты фестиваль русской культуры в Лос-Анджелесе, я встретила Роберта Кинга. С радостью напомнила ему о нашей встрече, и он попросил меня рассказать эту историю для прямой трансляции с фестиваля по интернету. Оказалось, он открыл новую компанию, которая занималась трансляцией по интернету крупнейших шоу.

На самой церемонии вручения «Оскара» мне запомнилось запоздалое феерическое появление Анжелины Джоли (в 2000 году она получила свой «Оскар» как актриса второго плана). Джоли была в стиле вамп – длинные до талии волосы жгучего чёрного цвета, обтягивающее платье, подчёркивающее фигуру. И что-то было дерзкое и вызывающее в её взгляде и даже в походке – человека, абсолютно уверенного в себе.

Атмосфера в зале была наполнена живыми человеческими эмоциями. Здесь находились только победители, проигравших не было. Номинация на «Оскар» уже может считаться пиком в профессиональной карьере. Короткие перерывы в телевизионной трансляции прерывались рекламой, а внутри Кодак-театра в это время проходили небольшие шоу или выдавал свои каламбуры Билли Кристалл, блистательный ведущий церемонии.

После завершения церемонии состоялся «Бал губернатора» – шикарный ужин для участников «Оскара». Большой бальный зал был лишь слегка освещён – блеска и света добавляли звёзды. За каждым столом сидела выигравшая «Оскар» киногруппа и их коллеги – номинанты. Так, Сергей Бодров-старший и его жена Кэролайн сидели за столом вместе с Катрин Денёв: фильм «Восток – Запад» с Олегом Меньшиковым и Сергеем Бодровым-младшим в главных ролях и Катрин Денёв в качестве приглашённой звезды был номинирован на «Оскар».

Мы беседовали с Сергеем Бодровым-старшим как старые добрые приятели, ведь атмосфера успеха располагала к взаимной симпатии. Кэролайн была хорошо знакома с моим другом и звукорежиссёром нашего фильма Лемоном де Джорджем, поэтому мы уже встречались раньше, 1 января 2000 года в Пасадине, где проходил Парад роз.

В день «Оскара» Сергей Бодров-старший рассказал, что его сын и Олег Меньшиков, к сожалению, не смогли приехать, и мы говорили о Сергее Бодрове-младшем. Меня всегда восхищало необычное сочетание доброты и силы в нём, о чём я и поведала в тот вечер его отцу с просьбой познакомить нас в будущем.

– Да, конечно, но он ведь женат, – ответил с улыбкой Сергей Бодров-старший, а Кэролайн подхватила: семейное положение Сергея не мешает нам всем быть друзьями.

К сожалению, моё знакомство с талантливейшим, самобытным актёром так никогда и не состоялось…

Было так приятно разговаривать на русском языке! Сергей Бодров-старший оказался не единственным русскоговорящим в тот вечер: Александр

Петров, российский мультипликатор, завоевал «Оскара» в категории коротких анимационных фильмов за экранизацию «Старика и моря», известной повести-притчи Эрнеста Хемингуэя. Петров вышел на сцену, чтобы поблагодарить американских киноакадемиков за получение высшей кинематографической награды:

– Спасибо большое, – произнёс он по-русски, испытывая радость и волнение. Незнание английского языка, как ни странно, прозвучало уместно и невероятно патриотично.

Во время «Бала губернатора» я разыскала Александра, поздравила, сказала ему много добрых слов. Он приехал на «Оскар» с женой, и практически через несколько дней они собирались возвращаться домой, в Ярославль.

Элегантный, полный роскоши вечер должен был когда-нибудь закончиться, как и всё прекрасное. Дальше, как в сказке о Золушке, мне предстояло возвращаться с бала, и произошло это немного ранее полуночи. Но принц всё-таки появился – в лице Адриана Белича, молодого кинематографиста и создателя номинированного на «Оскар» фильма. Адриан в тот вечер не получил «Оскара», но в перерыве, когда мы подошли в первые ряды, чтобы поддержать наших ребят, он горячо проговорил на английском:

– Я обязательно получу «Оскара» в следующий раз!

Это было сказано так амбициозно и многообещающе, особенно если учитывать, что на нас в эту минуту смотрел Арнольд Шварценеггер, тогда ещё просто голливудский актёр, а не политик.

Я возвращалась в Сан-Франциско в состоянии эмоционального подъёма. Гламурный Голливуд – и моя комнатка, куда помещались лишь кровать и стол. В таких условиях рождалось моё чувство юмора, позволяющее трезво относиться ко всем жизненным контрастам.

Было приятно и неожиданно увидеть свои фотографии в газете на следующий день после возвращения, но всё это уже больше походило на сон, чем на реальные события.

В день, когда окончательно стало известно, что фильм *Genghis Blues* получил номинацию на «Оскар» (знаменитую статуэтку создатели картины не получили, но, как я говорила ранее, уже сама номинация дорогого стоит), так вот, в тот день я узнала, что после интервью, через пять месяцев моего нахождения в Америке, я получила место в научной лаборатории с позицией *postdoctoral fellowship*, что было само по себе невероятным успехом. Мне предстояло работать в научной лаборатории с четырьмя кандидатами наук из Европы, Азии и одним врачом из Румынии. Я получила эту работу, имея медицинское образование и некоторые студенческие научные работы в области дерматологии. С улыбкой вспоминаю тот момент, когда профессор, заведующая лабораторией, китаянка по происхождению, спросила меня, смогу ли я выйти на работу в понедельник, на что я очень искренне и наивно сообщила:

– Извините, выйти на работу не могу: буду в Лос-Анджелесе на церемонии вручения «Оскар».

Подобная история произошла и на другой работе (я подрабатывала, присматривая за детьми в дорогих отелях Сан-Франциско), когда мой шеф изумлённо сообщил:

– Марина, твои фото в *San Francisco Chronicle* (местной, самой крупной газете).

Но как бы то ни было, мне предстояло возвращаться в реальную, далёкую от того сказочного мира жизнь, несмотря на то, что чувствовала я себя в этой сказке, как рыба в воде.

ГЛАВА IV

«Мисс Русская Калифорния».
Мой третий визит в Голливуд

Моё участие в конкурсе «Мисс Русская Калифорния» оказалось неожиданным. Произошло это ещё во время проживания в Сан-Франциско, до моего переезда в Голливуд. Конкурс проходил в 2003 году, цель его – определить девушку, которая могла бы стать образцом для молодёжи русской общины в Калифорнии. Все конкурсантки обязательно должны говорить по-русски, быть не замужем и отличаться знаниями и умением в какой-либо области искусства или иной деятельности.

Предвыборный тур проводился в Сан-Диего, Сан-Франциско и Лос-Анджелесе. На предварительном собеседовании жюри интересовало, насколько интеллектуально и творчески развиты будущие конкурсантки. Этому предшествовала фотосессия и отбор по критериям фотогеничности. Из сотни девушек, зарегистрировавшихся онлайн, девятнадцать вышли в полуфинал, двенадцать – в финал. Финалистки были родом из Москвы, Самары, Питера, Киева, Харькова, Пензы, Одессы. Удачливая девушка-победительница должна была унести с собой пять тысяч долларов.

К тому времени, после трёхлетнего пребывания в Америке, я считала себя полноправным членом американского общества, разговаривала на английском и, естественно, на русском, работала в сфере медицины – владела небольшим косметологическим бизнесом. В общем, как романтично написала потом в анкете, «совмещала в себе солнечную жизнерадостность Калифорнии и духовную глубину русской души».

Сначала из-за собственной занятости я не приняла всерьёз приглашение участвовать в конкурсе и даже пропустила предвыборный тур в Сан-Франциско. Но разговор с моими американскими друзьями, в котором они, скажем так, не очень лестно отзывались о русских девушках, проживающих в Америке, меня разозлил. Да, девушки-иммигрантки поначалу, в силу своих финансовых возможностей и подчас социальной незащищённости, были достаточно доступны. Да, учащались распады смешанных браков, когда при разводе калифорнийские законы защищали финансовые права женщин. Другими словами, после развода бывшая супруга получала половину состояния, на которое американец работал всю жизнь. Поэтому привлекательность близких отношений с девушками, в силу их ума, красоты и образованности, омрачалась такой вот нелестной перспективой. Но были и замечательные примеры гармоничных браков, основанные прежде всего на взаимной любви, уважении и, конечно, совместных детях. Я лично всегда остаюсь сторонницей именно таких отношений в браке, категорически не приемля чисто финансовую заинтересованность.

Итак, я решила принять участие в конкурсе «Мисс Русская Калифорния», чем очень удивила своих респектабельных друзей, ведущих вполне консервативный образ жизни. Со слов организаторов конкурса, на финал пригласили представителей различных модельных агентств, а так как модельный бизнес в Калифорнии достаточно высокооплачиваемый, это привлекало. Существовала ещё одна причина: мне всегда хотелось творчески проявить себя.

Проведение конкурса изначально планировалось в *Palace of Fine Arts* в Сан-Франциско, что выглядело бы вполне достойно. Но… «хотели как лучше, а получилось как всегда». Уже на первых этапах у организаторов конкурса, из-за отсутствия достаточного опыта, возникли сложности юридического и финансового характера. Из юридических сложностей на первый план вышли претензии юристов Дональда Трампа, который являлся одним из совладельцев конкурса «Мисс Калифорния». Юридическим лицам показалось незаконным использование слов «Мисс Калифорния» в названии «Мисс Русская Калифорния», и это грозило судебным иском. Трудности финансового характера возникли из-за недостаточного финансирования. Обычно такие шоу самоокупаемы и приносят приличный доход, но, так как конкурс был ещё не раскручен, солидных спонсоров, поддерживающих его, оказалось не так много. Тем не менее

подготовка к конкурсу продолжалась не только участницами, но и организаторами. В качестве инициато-
ров мероприятия выступили молодые люди, имею-
щие отношение больше к компьютерному бизнесу,
чем к шоу-бизнесу. Для них это был чистой воды коммерческий проект, который стал бы приносить доход
через два-три года в случае ежегодного проведения
конкурса. Ребята были родом из Сан-Франциско, поэтому эпицентром всех событий стал именно этот город.

В Лос-Анджелесе под своё крыло организацию
взяло русское модельное агентство. Его владелец,
весьма харизматическая личность из Киева, был гораздо более искушён в проведениях конкурсов красоты (сказывался его российский опыт). Он слыл не
только тонким ценителем женской красоты, но и занимался профессионально модельным бизнесом в условиях Лос-Анджелеса. В основном он организовы-
вал работу моделей на подиуме для раскрутки новых
дизайнеров и устраивал частные вечеринки для американцев с участием русских красавиц. Бизнес был
вполне легальный, и участие этого агентства в организации конкурса имело конкретную цель. Ему нужно было раскрученное имя русской девушки – с хоро-
шими модельными данными, к тому же завоевавшей
приз на конкурсе красоты.

После конкурса агентство действительно ото-
брало участницу – правда, она не заняла призового
места, но профессионально работала уже в течение
года с крупными американскими агентствами. Выбор

пал на одну из двух профессиональных моделей, участвовавших в конкурсе для продвижения в карьере. И, пожалуй, эта участница была единственной, кому конкурс принёс коммерческий успех. Однажды в приватной беседе она сказала мне, что зарабатывает несколько тысяч долларов в месяц, являясь лицом компании.

Изначально я отнеслась к конкурсу очень серьёзно. Работала над имиджем русской девушки, которая обязательно должна быть хорошо образованна, начитанна, романтична, доброжелательна и независима. Это меня и погубило. Для такого конкурса потребовались совершенно иные качества – легкомысленность и обаяние.

Я серьёзно отнеслась к подбору костюма: вместо коротких юбочек и открытых кофточек решила подготовить гардероб классической леди. О, как жестоко я ошиблась! И даже моё личное знакомство с половиной команды жюри меня не спасло. Жанна, член жюри, редактор и совладелица самой крупной русскоязычной газеты в Сан-Франциско, была мне знакома ещё со времён нашего сотрудничества. Она стала первой, кто опубликовал мои статьи. Это было в период, когда я потеряла работу в научной лаборатории и думала о себе: «Господи, неужели я такая бездарная?» Затем села и написала статью про своё участие в церемонии вручения «Оскара». Позвонила по телефону. Спросила:

– Вам статья о церемонии награждения премией «Оскар» нужна?

Жанна назначила мне встречу у неё дома. И была деликатна:

– Да, тебе есть что сказать, но пишешь ты, мягко говоря, не очень…

Затем, преподав мне урок литературы, заставила переписать статью и напечатала в газете. Позже, уже во времена моего профессионального успеха, вышла статья «Красота и здоровье» в той же газете. Наши пути иногда пересекались – например, на встрече Общества врачей Сан-Франциско, которое собиралось раз в месяц и о котором я узнала из объявления в газете. Меня обрадовала возможность встречи с коллегами. Ими оказалась группа пенсионеров с избыточным количеством свободного времени. Послушав мой рассказ о поиске работы по профессии, одна из группы с восхищением в глазах заявила:

– Запишите мой телефон. И обязательно, слышите, обязательно позвоните и расскажите, что же с вами произошло дальше.

Я на всю жизнь запомнила эту обескуражившую меня – нуждавшуюся тогда в помощи коллег – просьбу. Наверное, эта книга и есть запоздалый ответ той восхищённой даме.

Ещё одним членом жюри был Павел – сын моей близкой приятельницы Милы, умной, честной, энергичной, многого добившейся в жизни. А познакомились мы совершенно случайно – в парке: я каталась на роликах, а Мила прогуливалась со своей достаточно пожилой мамой. Я заговорила с её мамой, и она пригласила меня на свою первую в жизни выставку рисунков. Знаете, что это были за рисунки? Всевозможные вариации различных русских пейзажей. Она тосковала по России, и вся её тоска выражалась в творчестве.

Безусловно, выставка оказалась возможной лишь благодаря настойчивости Милы. Бывшая москвичка, она в своё время руководила крупным медицинским центром и была вхожа в богемную московскую среду. Живя в Сан-Франциско, она регулярно привозила театральные коллективы и дружила с российским посольством.

Мы часто бывали в гостях друг у друга, ходили на творческие вечера интересных нам людей и вечера классической музыки. А ещё нередко Мила заглядывала в мой косметологический кабинет, так как пользовалась его услугами.

Павел был немногим младше меня и унаследовал часть достоинств матери. Вместе с ней они снимали передачи для телевидения о жизни русской общины. Поэтому Павел оказался в жюри конкурса.

Третьим знакомым членом жюри был Игорь Щерба, в прошлом профессиональный спортсмен, добившийся значительных успехов. Вместе с женой Светланой он организовал спортивный центр для молодёжи. Игорь имел свой бизнес по покупке и продаже бизнесов, и я одно время обращалась к нему за профессиональной помощью. Он также был другом моего тренера Володи Копысова, который готовил меня к конкурсу.

Вот так мы все знали друг друга, ведь жили в Сан-Франциско и были частью его русскоязычного общества. Но, несмотря на всевозможные заслуги членов жюри, это был их дебют в качестве судей на конкурсе красоты. Как, впрочем, и мой. Только результаты моего дебюта зависели от них.

Первый тур конкурса проходил в мае 2003-го. У меня появился ещё один повод для визита в Западный Голливуд – на этот раз из-за участия в конкурсе. Для прохождения интервью я полетела в Лос-Анджелес и решительной походкой вошла в здание клуба, с интересом ожидая встречи со своими будущими конкурентками. Заняв очередь в не очень заполненном коридоре, стала ждать, когда меня пригласят. На мне было простое голубое платье выше колен и туфли на высоких каблуках. Подошла моя очередь, и я увидела сидевшее на сцене жюри. Сначала меня попросили пройтись, затем почитать стихи, затем рассказать что-то шутливое. Я прочитала стихотворение Марины Цветаевой, а вот пошутить – не получилось. От волнения все шутки испарились. После успешно пройденной фотосессии меня попросили ждать звонка с приглашением на участие в дефиле вечером того же дня, если я, конечно, пройду во второй тур.

Вернувшись в гостиницу, я связалась со своей приятельницей, моделью и актрисой, с просьбой найти мне профессионального визажиста для подготовки к дефиле. В качестве личной услуги она нашла мне профессионала, работавшего с моделями

Playboy и на телевизионных сериалах. Стоило это мне двести долларов – за два часа работы.

После звонка во второй половине дня я уже знала, что попала во второй тур, и вечером мне предстояло встретиться с другими участницами конкурса в клубе, где собиралась русская тусовка. Клуб находился на знаменитой улице Мелроуз, и ожидалось много народу.

Каждая из двенадцати участниц должна была пройтись по подиуму и представить себя зрителям. Ответом служили громкие аплодисменты.

Это был мой первый выход на подиум.

После второго тура в моём распоряжении были три месяца перед финалом. Привыкнув всё делать основательно, уже через две недели я начала заниматься с двумя персональными тренерами: один помогал мне трижды в неделю в тренажёрном зале (кстати, то был экс-президент Московской федерации по бодибилдингу), а другим была учительница танцев живота, в своё время тренировавшая участниц конкурса «Мисс Америка». Она поставила мне прекрасный танец и предложила замечательный костюм. Кроме всего прочего, я записалась в школу *Barbizon*, где стажируются модели, дабы поднабраться профессионального опыта. И всё это я проделывала без отрыва от своей основной работы.

Наконец настал день финала. Шоу проходило в Русском центре в Сан-Франциско. Зрители собрались задолго до показа. Зал был украшен цветами и полон народу. Меня пришли поддержать коллеги, друзья и члены семьи Питера – моего бойфренда. В своё время я предлагала ему стать генеральным спонсором конкурса, но он категорически отказался, однако купил билеты для всей моей команды поддержки.

Питер с трудом переживал мой сценический дебют и поначалу был против моего участия в конкурсе. Но, когда я собиралась лететь в Лос-Анджелес на предварительное интервью, он высказал желание лететь со мной и за минуту до моего выхода остановил и произнёс очень нужные для меня слова:

– *Just remember, you are smarter than other.* (Помни, ты умнее остальных.)

В своих интеллектуальных возможностях я не очень сомневалась, но мне всегда так хотелось быть не умницей, а красавицей. Именно для этого я пошла в модельную школу, купила прекрасные платья, работала с визажистами, окончила школу косметологии. Мне хотелось доказать всем, и себе прежде всего, что я – Женщина.

Перед конкурсом публика разогревалась горячительными напитками, а мы, двенадцать финалисток, ютились в небольшой комнате за сценой: кто слушал музыку, кто разговаривал по телефону, а кто работал с визажистом. Конферансье попался заводной, он нас подбадривал:

– На всех бы женился. Самое главное – оставайтесь самими собой. И запомните: чувство юмора ещё никого не подводило. Но не надо шутить ниже пояса.

Первая репетиция проходила непосредственно в день конкурса, и результатом волнения и переутомления стал обморок одной из участниц прямо на сцене. Из зрительного зала это смотрелось вполне эффектно – плавно оседающая на пол участница, выпадающая из ровной линии длинноногих конкурсанток.

Первый тур финала заключался в представлении участниц. Это были девушки от двадцати до двадцати семи лет с образованием выше среднего. Спектр интересов – от катания на горных лыжах, рисования, готовки всевозможных блюд до увлечения яхтами и подводным плаванием.

Во втором туре каждая из участниц должна была ответить на вопросы типа: «Кто самый важный человек в вашей жизни?», «Что бы вы делали, если бы выиграли миллион долларов?», «Расскажите о самом смешном случае в вашей жизни», «Что вы думаете об Арнольде Шварценеггере в качестве будущего губернатора Калифорнии?». Мне достались вопросы «Как 11 сентября 2001 года повлияло на мою жизнь?» и «О каком недостатке своего характера я могу рассказать». Лаконично и безыскусно упомянув о своём упрямстве, я более подробно остановилась на 11 сентября, сказав, в частности, что эта трагедия научила нас жить настоящим, не откладывая жизнь на завтра. Мой ответ вызвал искреннюю симпатию зала и жюри.

Третий тур, в который вышли десять конкурсанток, должен был раскрыть творческие таланты каждой – то ли в чтении стихов, то ли в изобразительном искусстве, то ли в изображении журналистки, берущей интервью, или же в исполнении восточных танцев, в частности танца живота и т.д.

Мой номер изначально был определён как танец живота – уже были подготовлены костюмы и выплачены деньги за занятия. Но в последний момент из сугубо патриотических чувств я решила выступить с отрывком из «Евгения Онегина» – прочитать письмо Татьяны. Мне казалось, если речь идёт о русской культуре, то Александр Сергеевич Пушкин будет представлять её наилучшим образом. При этом я активно занялась саморежиссурой этой сцены: разыскала в магазине ручку в виде гусиного пера и свечу, на улице, где продавались костюмы для Хэллоуина, отыскала белую накидку со страусиными перьями, почему-то решив, что Татьяна в своей спаленке перед отходом ко сну могла быть так одета. А следовало просто читать Пушкина дальше:

Татьяна то вздохнёт, то охнет;
Письмо дрожит в её руке;
Облатка розовая сохнет
На воспалённом языке.
К плечу головушка склонилась,
Сорочка лёгкая спустилась
С её прелестного плеча…

В общем, появление свечи и стола заинтриговало зрителей, но их внимания хватило лишь на несколько минут. После того как я дочитала до конца письмо пушкинской героини (а это был мой сценический дебют), жена российского консула, очаровательная и тактичная Ирина Лизун, сказала: «Мариночка, мне понравилось, но, может быть, следовало взять что-то покороче, публика устала».

Уставшая же публика, перед конкурсом основательно подкрепившаяся спиртными напитками, из всего Пушкина больше всего отреагировала на финальные строчки: «Кончаю! Страшно перечесть…» Когда после конкурса мой наставник Володя Копысов мне это рассказывал, я не знала, что делать: плакать от обиды или смеяться. Тем не менее в отсутствии оригинальности меня обвинить было нельзя, так как пять из десяти девушек показали танцы, и в основном – танец живота.

Пять оставшихся финалисток в последнем туре должны были ответить на один вопрос-экспромт. И так как сил уже почти не осталось, это была наименее интересная часть конкурса.

За выходом в вечерних платьях последовал волнующий момент коронации. Впрочем, волнение испытывала только коронованная красавица, остальных девочек обуревали иные чувства. Ведь все они были амбициозны, интересны по-своему.

После окончания конкурса нескольких финалисток пригласили участвовать в конкурсе «Мисс Русская Америка», но конкурс, в силу экономических и социальных причин, был перенесён на другой год и так больше никогда и не состоялся.

ГЛАВА V

Со щитом и на щите.
Окончательный переезд в Голливуд

Должно было пройти немало времени, прежде чем я усвоила правила игры в американском обществе. Моё высшее медицинское образование, которое я до сих пор считаю одним из самых благородных, на определённое время не позволило опускать планку ниже заслуженной, что совершенно не вязалось с моим тогдашним положением человека, вынужденного выживать.

К примеру, такой случай. То был рождественский вечер. Я в качестве бэбиситтера работала в отеле «Ритц-Карлтон» и должна была составить на вечер компанию четырнадцатилетней девочке, в то время как её родители выйдут в свет поужинать. Мы неплохо с ней провели время, воспользовавшись роскошным буфетом отеля. Родители, вернувшись с праздника, застали нас мирно беседующими. Удовлетворённые моей работой, вместо того чтобы вызвать мне такси, предложили отвезти меня домой. Я согласилась, так как время было позднее, и отец девочки на большой спортивной машине повёз меня домой. В машине в знак благодарности за отличную работу бэбиситтера вручил мне сорок долларов. Как сейчас помню: держа в руках две двадцатидолларовые купюры, я выбросила их в окно со словами: «Русские врачи чаевых не берут». В таком поступке не было пошлости или бравады, ведь я сделала это совершенно искренне: для меня гораздо важнее не терять чувства собственного достоинства. Американцы привыкли иначе: давая хорошие чаевые, они выражают признательность за хорошую работу, и неприятие этой благодарности ставит человека в неудобное положение. Имея образование врача, совсем не просто быть бэбиситтером у детей – чаще всего – врачей или адвокатов. И удача – о чудо! – не заставила себя долго ждать.

Всего через пять месяцев моего пребывания в Америке меня пригласили на интервью, и я была принята на работу в интернациональный коллектив научных сотрудников. Наша лаборатория занималась проблемой генетических заболеваний мышечной ткани и существовала на гранты, получаемые профессором-китаянкой. От неё зависела не только зарплата сотрудников, но и получение ими документов с видом на жительство в США.

Работой в научной лаборатории ознаменовался новый этап в моей жизни. Он начался под звук фанфар, а закончился не так бравурно. Торжество я испытывала, когда переезжала из своей маленькой студии в большой дом лучшего района города Сан-Франциско. Этот дом, а точнее часть его была предоставлена мне лабораторией на время. В качестве гостя я могла свободно пользоваться гостиной, где стояло хорошо настроенное пианино (что бывало не часто). Именно там я организовала прощальную вечеринку своей коллеге, врачу Адрианне, молодой румынке, худенькой, внешне похожей на Одри Хепбёрн, но обладавшей характером железной леди. Адрианна уезжала в другой штат, получив там резидентуру по медицине. Проводы я устроила за свой счёт. Сей широкий жест был в диковинку для американцев. Вечер удался на славу.

Итак, мне сопутствовала удача во всём… до определённого времени. Неудачи приходили постепенно. Из-за продолжительного оформления рабочей визы я должна была уйти из лаборатории. А впервые столкнувшись с изменой на личном фронте, потеряла почву под ногами.

Оказавшись в городе без денег и жилья, я растерялась. Первые дни, пока ещё оставались деньги, жила в гостинице. В течение нескольких месяцев бралась за любую работу, чтобы себя прокормить. В том числе участием в эротических шоу. В этой ситуации пригодились мои занятия хореографией в детстве. Опыт, полученный на этом жизненном этапе, был неординарен и весьма ценен для дальнейшей жизни. Наконец я нашла постоянную работу ассистента хирурга в дерматологическом офисе. Нашла не только работу, но и встретилась с человеком, сыгравшим определённую роль в моей судьбе.

Первый раз я увидела Питера, своего будущего босса, на экране телевизора. Моё внимание привлекла не импозантность успешного врача, а дело, которым он занимался, – операции по пересадке волос. Это проблема всегда интересовала моего институтского наставника, профессора Орлова, и я сразу же отнесла своё резюме в офис. Ответ получила отрицательный.

Через полгода я повторила попытку – на сей раз повезло. Я была принята на работу в успешный частный медицинский офис, из окон которого открывался вид на Тихий океан. Затем последовала моя влюблённость в Питера. Он ответил взаимностью. Благодаря Питеру мои последующие два с половиной года прошли в состоянии относительного материального благополучия. Мы много работали (операции по пересадке волос, возрастная и эстетическая медицина были нашей профессиональной нивой). Питер слыл известным в Сан-Франциско специалистом в своей области знаний, автором книг и учебных пособий. Нас многое связывало: медицинская профессия, духовные и семейные ценности, безусловно – глубокая эмоциональная привязанность и уважение.

Однако имелись и различия – не только возрастные. Главным образом, в мировосприятии, образе мышления или в том, что называют разным менталитетом. Питер считал, что всего достиг лишь благодаря своему уму и трудолюбию. Я же приводила в пример моих старших коллег из России: они работают совсем не меньше, чем он, но самое большее, на что могут рассчитывать, это на недельный отдых за рубежом раз в год. Да, рождение в России или Америке, конечно, судьбоносный фактор, замечал Питер, но главное – трудолюбие и упорство в достижении цели. На мои реплики по поводу стабильного положения Америки в мире и её устойчивой экономики Питер без обиняков отвечал, что и в России стал бы очень обеспеченным человеком. А зная его характер – волю и предприимчивость, профессиональные знания, – подтверждаю: так и было бы.

Американский врач может многое себе позволить. Под медицинскую практику дают очень приличные кредиты, все медицинские конференции проводятся в многозвёздочных отелях. Дома, благодаря хорошим кредитам, покупают в элитарных районах, и положение в обществе соответствующее.

Человек с потрясающей работоспособностью и непростым характером, Питер очень привязался ко мне. Учитывая его три предыдущих брака и многочисленные романы, я, наверное, должна была гордиться этим. Хотя прослеживалось одно маленькое, но значительное обстоятельство: будучи прагматиком, он не хотел моей финансовой независимости, а мои деловые качества были далеки от совершенства в то время. Так и получалось, что, работая на операциях, я тратила все деньги на становление своего косметологического бизнеса, который, кстати, большого финансового успеха мне не принёс.

Тем не менее то были годы моего глубокого познания американской культуры и своеобразного открытия Америки. Благодаря материальному достатку мы с Питером могли себе позволить любые жизненные удовольствия, и охотно этим пользовались. Дом,

в котором мы жили, был большой, со своей собственной историей, и именно здесь я устраивала новогод-
ние и рождественские вечера. На них присутствовали
самые разные люди, начиная от мэра города, врачей,
артистов, музыкантов, заканчивая нашей прислугой,
с которой у меня завязались самые тёплые отношения.

Наиболее запоминающейся, пожалуй, стала ве-
черинка в русском стиле с икрой и шампанским на
новый 2003 год. Дом был украшен, собралось около
тридцати человек разного возраста и разных профес-
сий. Я с удовольствием наблюдала, как моя приятельница, успешно работающая в сфере эротического
танца, беседовала с экс-мэром Сан-Франциско Ар-
том Агносом. Я была ему представлена моим спутни-
ком жизни в качестве российской коммунистки, что
было очень странно, так как в школе я даже до комсо-
мола не дожила (точнее, комсомол до нас не дожил).
Но если под этим подразумевалось – как у Айседоры
Дункан – любовь к красному цвету, обществу и танцам, то я ничего против не имела.

Мама Питера была лучшей подругой сестры предыдущего мэра города Джорджа Кристофера; прия-
тельские отношения она поддерживала и с жёнами
послов Италии и Греции. Вот такое общество меня
окружало.

Но меня не покидало чувство, что я живу какой-
то другой жизнью, не своей. Точнее даже, наблюдаю
за жизнью, словно рыба из аквариума. С той лишь
разницей, что рыбе, видимо, неведомо ощущение

душевной боли от бесконечных размолвок и недопонимания из-за разницы культуры, менталитета и возраста. В общем, всё, что я хотела, – вернуть саму себя, какой была до начала этой обеспеченной жизни, вместе со своими двумя сумками, с которыми въехала в этот дом. Пресыщенность благополучной жизнью притупляла мои чувства. Другими словами, я постепенно черствела, забывая реальное положение вещей в этом мире.

Когда я сказала Питеру, что ухожу, он поступил по принципу «кто не с нами, тот против нас». Пока я была в России, он собрал все мои личные вещи и выставил в прихожую.

Годом раньше, после двух с половиной лет совместного проживания, Питер при помощи адвоката оформил договор, так называемый «марвин эгримент», оговаривающий все финансовые моменты совместного жительства. Официально вся недвижимость Питера, не считая ежегодного дохода, оценивалась в шесть миллионов долларов. В случае нашего раздела всё имущество Питера остаётся в его собственности, а мне лишь полагается оплата за переезд и месячную аренду квартиры. Адвокат, который представлял мои интересы, предложил внести в договор выплату мне ежемесячной зарплаты в течение года. Речь шла о зарплате, которую я зарабатывала в офисе, ассистируя на операциях. Эта корректировка была встречена Питером вспышками гнева и неприязни. Когда при отъезде я упомянула условия договора об оплате переезда, Питер сказал, что имелось в виду два года с момента подписания договора, а не с момента совместного жительства. Так, имея достаточно комфортную жизнь и будучи не до конца знакомой с правилами игры, я была выброшена за борт по причине хорошего воспитания и собственной беспечности. Живя в доме очень обеспеченного американца, я сама зарабатывала себе на жизнь. При стоимости операции десять тысяч долларов я получала сто-двести долларов за операцию. При этом Питер чётко следил, чтобы сразу после окончания операции я отмечала в соответствующей карте своё окончание рабочего дня.

Я рассказываю это в качестве иллюстрации особенностей взглядов на жизнь богатых людей в Америке. Зарабатывая свои доллары кропотливым трудом, они не спешат с ними расставаться, в отличие от новых русских, природная щедрость которых подкреплена шальными деньгами.

Не один раз у меня была реальная возможность воспользоваться законами Калифорнии и в судебном порядке улучшить своё материальное положение, но я старалась быть честной, всегда помня о заветах своих родителей – прежде всего быть порядочным человеком. (Справедливости ради надо отметить, что в дальнейшем наши отношения с Питером наладились.)

После отъезда из Сан-Франциско началось непростое время значительных перемен в моей жизни. По своему собственному желанию или волею судьбы я оказалась в Голливуде, на Фабрике грёз.

Переехала работать в медицинский офис, специализировавшийся на пересадке волос для голливудских звёзд. Для меня оказалось большой удачей остаться в той же профессиональной сфере, на том же социальном уровне. Я носила форму, которая подчёркивала мой статус врача, но тем не менее была на правах почётной ученицы, а не хозяйки, как это было в Сан-Франциско.

Клиентами офиса, готовыми платить пять-десять тысяч долларов за операцию, помимо голливудских актёров, являлись обеспеченные мужчины. На операцию по пересадке волос они смотрели как на хороший *инвестмент*, как говорят сейчас, мечтая об изменениях обстоятельств личной жизни.

Медицинские ассистенты (а нас было пятнадцать человек) – молодые женщины, проводившие на работе большую часть своего времени. На собственном опыте могу подтвердить: то совсем не миф, а реальность, что работа занимает огромное место в американской жизни. В этом одна из причин превосходства Соединённых Штатов перед другими странами. Рабочий день в нашем офисе начинался в 7.30 утра и заканчивался в 6 вечера. За день проводилось две-три, порой четыре операции. Временами, чтобы добраться до работы, я покидала дом в 5.30 утра и встречала рассвет за рулём машины. Это было непросто, но мной руководила мечта открыть подобный офис в России. Силу духа мне придавала любовь к медицине. Меньше чем за три года я приняла участие более чем в четырёхстах операциях и была знакома с работой лучших хирургов в этой области. Однако в планы вмешались неконтролируемые обстоятельства. Каким-то образом моё имя оказалось на сайтах интернета вместе с именами наших пациентов. Следуя врачебной тайне, я не могу их назвать, но это очень известные личности. Появление досадной для меня и нечестной информации можно объяснить или моей личной дружбой с некоторыми из наших пациентов, или необходимостью моего увольнения с работы из зависти, или просто нелепой случайностью. До сих пор не понимаю, кто мог это подстроить, но тогда причины не имели никакого значения – только следствие. А следствием мог бы стать огромный иск со стороны голливудских звёзд, предъявленный офису и оперирующему врачу, которому я ассистировала. Соломоновым решением оказалось моё увольнение. Так я осталась без работы. Надолго. Было не просто её найти на тех же условиях, что я тогда имела. Более того, моё желание и мечта заниматься медицинской практикой были настолько сильны, что такой неожиданный поворот событий изрядно ранил мне душу.

ЧАСТЬ ВТОРАЯ

В Голливуде

ГЛАВА VI

Какие люди в Голливуде…

Голливуд может быть разным. Вообще, Голливуд – это уже давно брэнд, но не для всех он открывает своё истинное лицо. Для обычного приезжего это длинная Аллея славы на Голливудском бульваре с именами звёзд. Это знаменитый Китайский театр, где оставлены навечно отпечатки рук и ног великих лицедеев кино. Это также новый роскошный Кодак-театр – его видит не только приезжий сюда турист, а весь мир – во время трансляции вручения премии «Оскар». Для человека творческого и не имеющего больших средств Голливуд может приоткрыть завесу своей творческой мастерской, даже близко подпустить к святая святых – голливудским студиям, но, как правило, в качестве массовки. Очень непростая будет жизнь в Голливуде у человека амбициозного, не имеющего средств и связей. Скука, праздность и бессмысленность существования окончательно поглотят остатки таланта, и в душе, кроме пустоты и разочарования, ничего не останется.

Однако следует всегда помнить, что Голливуд – то место, где творили славу американского кино актёры, которыми восторгался мир: Чарли Чаплин и Марлен Дитрих, Грета Гарбо и Рита Хейворт, Гарри Купер и Хамфри Богарт, Орсон Уэллс и Бетт Дэвис, Одри Хепбёрн и Грегори Пек, Мэрилин Монро и Генри Фонда; Марлон Брандо, Алла Назимова, Кэтрин Хепбёрн, Спенсер Трейси, Джуди Гарленд, Фред Астер и многие другие.

С приездом в Лос-Анджелес наступил более творческий, но гораздо менее стабильный этап в моей жизни. Поступила в колледж, где училась работе с камерой, актёрскому мастерству и танцам. Параллельно сотрудничала с русскоязычными изданиями, публикуя интервью с интересными людьми. Это было время, когда я непосредственно была связана с миром кино.

Мне кажется ошибкой считать, что русские ничего не могут добиться в Голливуде. Конечно, можно считать Андрона Кончаловского и Родиона Нахапетова исключением из правил. Но только в том случае, если общепринятыми правилами являются леность, отсутствие таланта и элементарное невежество. Естественно, русский, добившийся успеха в Голливуде, останется русским. Ведь Катрин Денёв или Анни Жирардо, при всей их популярности в России, всегда будут восприниматься как французские кинозвёзды.

Когда я брала интервью, мне было важно показать, что среди нас живут те, кто благодаря трудолюбию, настойчивости, таланту многого добились в жизни, хотя изначально начинали с той же стартовой площадки, что и все мы. Как, например, Олег Тактаров, прибывший в Америку в возрасте немногим меньше тридцати, никому не известный, оставивший в России свой успех бизнесмена. Или Ленни Крайзельбург, четырнадцатилетний подросток из Одессы, успешно занимавшийся плаванием. Он приехал с родителями в Штаты, продолжил здесь свою спортивную карьеру и добился чрезвычайных успехов на уровне мировых рекордов и олимпийских побед.

История Сильвестра Сталлоне и его брата Фрэнка имеет ту же драматическую завязку, но с ещё более сильной амплитудой. Они были двоими из пяти детей американского парикмахера итальянского происхождения и еврейки, корнями из Одессы, жили в Нью-Йорке, мечтая взять от жизни всё, что возможно. Фрэнк уже тогда был известен в музыкальных кругах, его старший брат, подрабатывавший на съёмках порнофильмов, писал сценарий для картины, которая впоследствии была названа «Рокки». Когда голливудская киностудия предложила гонорар за написанный сценарий, Сильвестр Сталлоне отказался от предложенного гонорара с условием, что он сам сыграет главного героя. Продолжение этой истории известно всему миру. Остаётся только добавить, что слава Сильвестра Сталлоне была настолько велика, что Фрэнку, несмотря на его талант и амбиции, было уготовано всегда оставаться в тени старшего брата.

С Олегом Тактаровым мы познакомились на одном из творческих вечеров в доме у моего приятеля. Это была премьера фильма «Мороз по коже». Я только что вернулась из России, видела телесериал

«Охота на Изюбря», в котором участвовал Олег Тактаров. Но узнать его киногероя в молодом мужчине можно было только по пронзительно-синим глазам. Олег Тактаров – настоящий Илья Муромец, со всеми достоинствами и недостатками русского человека. Вот и в Голливуде его называют Русский Медведь, намекая на его удивительную силу и русские корни. К съёмкам в кино он относится очень ответственно. А несколько лет работы в Голливуде – бесценная актёрская школа. Одним из первых фильмов, в котором Тактаров сыграл, назывался «15 минут славы» с Робертом Де Ниро в главной роли. Знаменитый актёр с большой симпатией относился к Олегу. Тактаров реально вхож в голливудскую тусовку, но интересуется российским кино и много времени проводит в России, работая в нескольких проектах.

Для проведения интервью мы встретились с Олегом в кафе магазина *Whole Food*. Это сеть магазинов здоровой пищи, распространённая по всей Америке. Я покупала себе кофе и предложила оплатить кофе Олегу, на что он с юмором, но вполне серьёзным голосом произнёс:

– Ну вот, хотя бы одна женщина за меня платит.

Тактаров держался очень уверенно и не произносил лишних слов. Когда я начала задавать вопросы о его первом тренере и боях, он терпеливо слушал, затем с нетерпением взял диктофон из моих рук, выключил и сказал:

– Тебе надо поучиться брать интервью. Следовало хотя бы предварительно посмотреть информацию обо мне в интернете. Давай сделаем так: я буду рассказывать, а ты слушай.

И затем в течение двадцати минут наговаривал на диктофон то, что считал важным и интересным. В результате получилось очень хорошее в информационном плане интервью, а я получила урок журналистики от чемпиона мира по боям без правил. Олег рассказал мне, в частности, что к голливудским блокбастерам после «Сокровища нации» с Николасом Кейджем в главной роли он несколько поостыл. Сниматься шесть месяцев и видеть себя в течение двух секунд на экране, не получая той энергии от фильма, какую отдавал, – никуда не годится. Комментарии по этому поводу ему были даны неубедительные: «Николас Кейдж в этих сценах был неинтересен как персонаж». И в итоге – тридцать шесть минут с Тактаровым и Шоном Бином были вырезаны. Поэтому Олег поддерживает Шона Пенна, который предпочитает сниматься в малобюджетных картинах по сценариям, в которые верит, чем плодить голливудские боевики.

На эту тему в Индии Олег Тактаров общался с Мэттом Дэймоном, который выговаривал своему лучшему другу Бену Аффлеку: «Посмотри, что ты делаешь, тебе не стыдно за свои работы?» Сравнивая творчество двух друзей, Олег понял, что Мэтт прав, но это не повлияло на его замечательное отношение к Бену Аффлеку. Вот слова Олега из интервью: «Бен честно сказал себе: "У меня много общего с Дженнифер Гарнер, она простая американская девчонка, близкая мне по духу". Не разговаривая много о том, что они хотят бэби, просто взяли и зачали ребёнка. Совет им да любовь, и надеюсь, всё у Бена будет чудесно. Мы все делаем ошибки, их надо уметь исправлять, подниматься и идти дальше, здесь как раз и проявляется человек. А когда всё как по маслу, это как-то неинтересно».

Помимо профессиональных качеств, для Олега важно совершенствовать себя как личность, не бояться высказывать своё мнение, если оно разнится от многих. А впрочем, в последний год он перестал критиковать кого-либо, понимая, как он сам сказал, что рыльце у всех в пушку.

Из приятного: ему, на удивление, не стыдно было получить приз от первого российского телеканала и войти в десятку самых сексуальных актёров. Сексуальность, по мнению Олега, это «не внешняя красота, а человек, на которого интересно смотреть, тот, кто заводит аудиторию каким-то образом. То, что мы подразумеваем под красотой, скучно и неинтересно, а зрители первого канала сочли меня интересным». Самым сексуальным в женщине, на взгляд Олега Тактарова, являются интеллект и её внутренний мир.

Олег также поведал мне (что было уже во множестве интервью), как их съёмочная группа затерялась в Африке. Но добавил при этом, что беда в Африке превратилась для него в одно из самых запоминающихся душевных переживаний, ярких моральных и физических впечатлений, оздоровляющих во всех отношениях. Домой, в цивилизованный мир, Олег Тактаров вернулся с новой чистой энергией, не заработав за лето ни копейки, но готовый к новым проектам, и провёл очень продуктивный год, снявшись в четырёх фильмах.

После интервью с Олегом мы продолжали общаться. У нас появились общие знакомые и точки пересечения в мире кино. Так, например, на Масленицу Тактаров зашёл в гости в мою голливудскую квартиру с нашим общим знакомым – режиссёром фильма «Ближний бой» Еркеном Ялгашевым.

Еркен родился в Казахстане и воспитывался в детдоме. Увлекался боевыми искусствами. Когда стала возможна коммерческая деятельность, приобрёл небольшую типографию, в которой печатал плакаты с изображением любимых героев – Брюса Ли, Терминатора и Рэмбо. Постепенно мальчишка из детдома превратился в реального миллионера, который мог позволить себе провести выходные в Майами. После эмиграции в Америку Еркен получил образование в области киноискусства и написал сценарий фильма, съёмки которого проходили во время написания этой книги. Он подобрал неплохую группу актёров, достаточно известных зрителям, как, например, Дэвид Каррадайн, сыгравший заглавную роль в ленте Квентина Тарантино «Убить Билла». Работа задерживалась, но уже были отсняты сцены в Канаде и планировались съёмки в Москве и Казахстане. Название картины Ялгашева «Ближний бой» подразумевало и боевые поединки, и самый главный бой в жизни – бой с самим собой.

Следующее моё интервью было с одним из голливудских аборигенов, с которым Олег Тактаров снимался в одном из своих первых голливудских фильмов.

С Фрэнком Сталлоне я была знакома около года, прежде чем он согласился на интервью. Фрэнк всю жизнь нёс на себе бремя славы младшего брата, Сильвестра, и публике малоизвестно, что он – киноактёр, музыкант, композитор, номинированный на «Грэмми».

Я беседовала с ним в его прекрасном трёхэтажном доме в Лос-Анджелесе. Первый этаж полностью занят под офис. Там же выставлены коллекции гитар и боксёрских перчаток. На втором этаже – гостиная с роялем и кухня. Картины в гостиной – главным образом, кисти Сильвестра Сталлоне. На противоположной от рояля стене – портреты Фрэнка Сталлоне, Фрэнка Синатры и Франкенштейна. На третьем этаже – спальня и рядом большой мраморное джакузи.

В оформлении дизайна участвовали специалисты, владеющие китайской философией фэн-шуй, поэтому вся спальня представляет собой большое открытое пространство. За окнами слышен звук водопада, исходящий от небольшого фонтана. На стенах – опять-таки картины старшего брата и фотопортреты. Рядом с кроватью располагаются кристаллы – по всей видимости, подарок Жаклин, матери Сильвестра и Фрэнка, профессионально занимающейся астрологией.

Фрэнк уже много лет живёт в этих апартаментах, часто отлучаясь на гастроли, но прекрасно понимает, что Лос-Анджелес для него – именно тот город, где происходит всё главное, что связано с шоу-бизнесом.

Во Фрэнке явно прослеживаются итальянские корни по отцовской линии. И несмотря на то, что он крепко, хорошо сложён, достаточно застенчив. В Голливуде у него слава закоренелого холостяка. Он ни разу не был в браке, в отличие от своего брата, который в третий раз женат. Дети Сильвестра Сталлоне обожают своего дядю, а тот, несмотря на нежную любовь к племянницам, не может находиться рядом с ними более часа-двух – так он сам признаётся в некой эмоциональной незрелости. Правда же в том, что в жизни Фрэнка только одна любовь – к музыке. Фрэнк – прекрасный исполнитель песен Фрэнка Синатры и композитор собственных песен, исполнявший их в сопровождении симфонического оркестра в престижнейших концертных залах и клубах.

Как и большинство голливудских актёров, он немало времени, сил и средств уделяет своему здоровью и внешнему виду, что, вне сомнения, приносит очевидные плоды. Выглядит он прекрасно благодаря ежедневным тренировкам, правильному питанию, посещению косметолога и остеопата.

Каждый раз наш телефонный разговор начинался примерно так:

– Здравствуй, Фрэнк. Как ты? Как дела?

– О, я чувствую себя прекрасно, опять сбросил вес.

Но если набраться терпения и выслушать все подробности посещения врача нетрадиционной медицины и прелестей новой диеты, можно услышать неглупого, целеустремлённого человека, немного влюблённого в себя, но и не очень стремящегося это скрыть.

Бог наделил мужчин семьи Сталлоне прекрасными генами, талантом, сердечной теплотой и успехом. Фрэнк Сталлоне-старший, отец братьев, последний раз стал отцом в возрасте за семьдесят; мать его ребёнка на сорок шесть лет моложе своего супруга. Сильвестр Сталлоне, известный всему миру голливудская звезда, – счастливый отец трёх подрастающих дочек. Фрэнк Сталлоне – профессиональный музыкант и актёр, его фильмография насчитывает сорок семь фильмов, также он выпустил девять дисков.

Ниже привожу некоторые отрывки из беседы с Фрэнком.

– Увлечение боксом, Фрэнк, не было для вас случайностью, насколько мне известно. Вы коллекционируете атрибуты этого вида спорта?

– Да, я собираю различные атрибуты бокса в течение тридцати лет, и мне это доставляет большое удовольствие. Приобретаю их во время путешествий по миру, покупаю на аукционах, занимаюсь обменом и т.д.

– Что наиболее ценно для вас в коллекции?

– Пояс чемпиона из фильма *Rocky* и боксёрские перчатки из знаменитого боя 1912-го года с *A.Wolgest*…

– Шоу *Contender*… Могли бы вы описать, как проходили отборочные туры и в чём оригинальная идея шоу?

– Да, конечно. Идея такая: путешествуя по стране, отобрать лучших профессиональных боксёров. Они проведут бои, соревнуясь между собой. Победитель получит один миллион долларов. Мы объехали тринадцать городов. Боксёрские качества при отборе были самыми важными, разумеется. Но и внешний вид, артистические данные тоже имели значение, ведь после тура боксёры отправлялись на интервью в Голливуд, где выбирались лучшие из шестнадцати участников.

– К какому выводу вы пришли: приобретает ли спорт большее значение в жизни молодёжи?

– Бокс стал более безопасным видом спорта, популярность его растёт также благодаря шоу.

– Большое внимание в *Contender-шоу* уделено семьям, особенно детям. Подчёркиваете этим ценность семьи?

– Шоу было рассчитано на людей, которые в обычной жизни не смотрели бы бокс, на девушек, что смотрят и говорят: мне никогда не нравился бокс, но нравятся человеческие истории, которые стоят за этим.

– Кстати, о вашей семье. Многие наши читатели думают, что в вас пятьдесят процентов русской крови.

– Пятьдесят процентов? Нет, возможно, двадцать пять. Я в какой-то степени заправка для салата – итальянско-русско-французская. Родился в Нью-Йорке, вырос в Мэриленде, в семье представителей среднего класса. У меня есть ещё две сестры и два брата. Старший брат, Сильвестр Сталлоне, известен всем, остальные предпочитают не распространяться о своей частной жизни.

– Рядом с успешным, интересным мужчиной всегда находятся красивые женщины. Каков ваш идеал женщины?

– Хм… Мой идеал женщины? Надо подумать… Интеллигентная, состоявшаяся в профессии, хорошие манеры, с ней легко и приятно общаться. Пожалуй, так.

– Нравятся ли вам русские женщины?

– Я не так много их встречал. В общем-то, вы – первая.

– Если не секрет, о ваших планах на будущее?

– Больше времени уделять музыке. Вернуться к тому времени, когда я писал музыку. Шоу-бизнес изменился, стал более ориентирован на молодое поколение. В классической музыке – наоборот: чем старше ты становишься, тем больше испытываешь уважения к ней, тем больше тебя к ней тянет.

– У вас предвидятся новые проекты в кино?

– Пока нет.

– Что это такое – сочинение музыки, как это происходит у вас?

– Я не знаю, как это объяснить. Я не отношусь к тем композиторам, кто сидит и смотрит на птичку, а потом приходят домой и пишут музыку про это.

– Вам повезло общаться с великими – Фрэнк Синатра, Тони Беннетт, Элтон Джон…

– О да! Я встретил Фрэнка Синатру на одном из его концертов. Менеджер, который собирался заняться устройством моих концертов, в то время работал с Синатрой. У Фрэнка Синатры была очень интересная судьба, и успех не всегда сопутствовал ему в жизни. Безусловно, он был наделён прекрасным чувством юмора и не был обделён вниманием женщин. Тони Беннетта я встретил в восьмидесятые годы, он всегда был добр ко мне. Он тоже Лев по знаку зодиака, как и я.

– Ваша песня *Staying alive* получила номинацию на *Golden Globe*?

– Да, и номинирована на *Grammy*. Помимо этого, у меня есть ещё несколько альбомов: *Frank and Billy, Stallone on Stallone by request, In Vain in Love.*

Неправильно на слух переведя значение *vain* (безнадёжный) как *van* (большая машина), я спросила:

– Это тот самый вэн, что стоит у вас в гараже? – на что Фрэнк с юмором ответил:

– Я больше чем уверен, что люди занимаются любовью в больших машинах, но мой диск называется *In vain in love* – безнадёжно влюблённый... (Мы вместе смеёмся.)

– Музыка для вас – самая большая страсть?

– Да, это страсть для меня, так как чувствую, что ещё не всё закончил в своей жизни – то, что должен был завершить.

– В жизни или искусстве?

– И в том, и в другом. В искусстве больше, потому что много ещё смогу сделать. Карьера моего брата и моя начинались одновременно. Успех Сильвестра перекрыл мои собственные достижения, отодвинул на задний план.

– У вас хорошие взаимоотношения со старшим братом?

– Абсолютно. Да, мы нередко спорим, но я часто приезжаю на выходные к ним в дом, мы вместе проводим отпуск. Как и должно быть в большой итальянской семье.

– Что вас беспокоит и радует в эти дни?

– Что? Мои волосы начинают седеть – это моё главное беспокойство, а радость – это то, что я по-прежнему могу писать музыку и выступать с концертами.

Интервью окончено, и Фрэнк просит выключить микрофон. Мы долго говорим о России, о её истории, культуре. Его знания были поверхностны, но интерес вполне искренен, что не оставило меня равнодушной. После разговора Фрэнк галантно проводил меня до машины и пригласил посетить финал шоу *Contender*, который состоялся в *Cesar Palace* 24 мая 2005 года в Лас-Вегасе.

ГЛАВА VII

В чём не идеален идеальный мужчина

25 апреля 2006 года в лос-анджелесской гостинице *Hyatt* проводилась очередная, пятая по счёту церемония вручения наград лицам, внёсшим большой вклад в русскую культуру. У меня было запланировано интервью с Ленни Крайзельбургом, чемпионом мира и олимпийским чемпионом по плаванию.

Поднявшись в помещение пентхауса, мы (я и моя подруга Инна) сразу сообразили, что в своих красных платьях мы несколько разбавим фон «строгих деловых костюмов людей среднего возраста». Красной была и икра, которую с превеликой осторожностью официант накладывал на маленькие оладушки всем желающим. Вот эти оладушки и многочисленные картины, выставленные на продажу, напоминали о русской культуре, всё остальное было выдержано в рамках американского официоза.

Внезапно начавшийся дождь прервал мою беседу с пожилой американкой, которая на балконе с гордостью рассказывала о своём отце, русском эмигранте, сделавшем своё состояние на продаже алкоголя во времена Великой депрессии. Её очень удивила моя осведомлённость о подпольной продаже алкоголя во времена Аль Капоне. В итоге пришлось объяснить ей, что большинство информации я почерпнула из фильма «Однажды в Америке», а не из собственного жизненного опыта.

Во время беседы мимо нас продефилировала крупная блондинка, владелица клуба знакомств для состоятельных американцев. Рядом с ней шла милая русская девушка с надеждой в глазах (к концу вечера, по моим наблюдениям, надежды и шарма у неё поубавилось). Если верить моему приятелю, услуги этого клуба знакомств обходились американцам в кругленькую сумму: несколько тысяч долларов за русскую жену. Участие в вечеринке «для незамужних» стоило мужчине двести долларов, а публикация файла в интернете – от тридцати долларов ежемесячно до одной тысячи единовременной платы, в зависимости от сайта.

Многие задаются вопросом: зачем успешному, богатому американцу, который может позволить себе всё, что захочет, русская жена? С хроническими неудачниками понятно: всё валится из рук, так хоть жену-красавицу привезти – ведь каждый средний американец, благодаря устойчивой системе кредитования, может предоставить уровень жизни выше среднего по рамкам страны, откуда красавица родом. Ну а богатым, успешным американцам зачем молодые русские девочки, с их ломаным английским?

Причина в той власти, какую человек ощущает над жизнью другого, не приспособленного к обстоятельствам человека. Приезжает молодая девушка (или женщина) в надежде на новую жизнь и находится в абсолютной зависимости от супруга. А если что не нравится – уходи. А куда? Вот и приходится мириться с таким состоянием вещей, ежедневно идя на компромиссы. Это я поняла гораздо позже, а до того меня смущало, почему муж моей приятельницы, уже будучи отцом её двоих детей и производя впечатление счастливого человека, постоянно твердил, если ему что-то не нравилось: знал бы, никогда не взял тебя в жёны. Сладостная игра мужского сознания – игра во власть на всех её уровнях. Власть над страной, над теми, кто ниже рангом, над матерью своих детей... Каждый ищет свой путь к счастью. Для меня замужество – это прежде всего сердечные узы, а не маркетинг славянских генов.

Надо быть отчаянным неудачником или бизнесменом до кончиков ногтей, чтобы платить такие деньги за знакомство с будущей хозяйкой твоих капиталов. Но судя по процветающему пышному виду крупной блондинки, такие желающие находились. Уж так мир устроен, что у большинства людей понятие счастья ассоциируется с понятием «счастливая семья».

Может ли увенчаться успехом общение на брачных сайтах? Конечно, может, только нужно потратить много времени и усилий, чтобы выбрать из дерьма (простите) конфетку. А впрочем... Моя близкая знакомая, москвичка бальзаковского возраста, опубликовала свой файл на сайте знакомств и имела колоссальный успех. Я собственными глазами видела её претендентов – весьма солидные, обеспеченные мужчины. По два свидания в день, по десять новых писем в неделю. Такие результаты обеспечил её возраст (да-да) и учёный статус доктора наук, что для американцев означает положение в обществе.

Но вернёмся в гостиницу *Haytt*. Наконец подошла торжественная минута вручения премий года. Первым на сцену пригласили очень уважаемого мною Родиона Нахапетова. Когда его документальный телефильм «Русские в городе ангелов» вышел на экраны российского телевидения, моя мама по телефону сообщила, что теперь она всё знает о моей жизни в Америке и требует моего немедленного возвращения. Видимо, так тонко передавались нюансы жизни здесь, в Лос-Анджелесе.

В своей речи Родион Нахапетов, режиссёр, актёр и писатель, сообщил, что уже готов сценарий к двенадцати новым сериям фильма «Русские в городе ангелов». Рассказал о своём опыте работы на киностудии «Двадцатый век Фокс», где создал свой первый фильм. Растрогало его то, что увидел здесь писателя Рэя Брэдбери, поклонником которого являлся. Ну и, конечно, трогательные слова были сказаны в адрес любимой женщины, которую встретил в Америке и которая стала его женой (первый брак Нахапетова – с актрисой Верой Глаголевой). С радостью и гордостью поведал о том, что его дочь Катя начала писать свои первые стихи.

Вторым на сцену для получения награды поднялся человек весьма неординарный, несмотря на всю его ординарную внешность. Звали его Игорь Пастернак. Ещё пятнадцать лет назад он был обычным жителем города Львова. Необычным лишь оказалось его увлечение воздухоплавательными кораблями, о которых он начал мечтать, начитавшись Жюля Верна. Многие знакомые считали его сумасшедшим, а государство не хотело принимать участия в поддержке его научных разработок. В 1993 году он эмигрировал из бывшего Советского Союза в Америку, а десятилетие спустя его компания, расположившаяся в лучшем районе Лос-Анджелеса, выпускала наиболее технологически продвинутые на рынке воздушные корабли *Aeros 40D Sky Dragon*. Причиной, по которой Игорь Пастернак поднимался на сцену сегодня, послужил заключённый его компанией контракт с Пентагоном. Не слабо для «ненормального еврейского парня» из Львова!

Следующий номинант – Ленни Крайзельбург, четырёхкратный олимпийский чемпион и двукратный чемпион мира по плаванию. Ленни родился в Одессе и до тринадцати лет назывался Леонидом. При первой нашей встрече произвёл впечатление успешного холёного плейбоя. Когда неделю спустя после описываемых событий мы встретились в его частной школе по плаванию, я была абсолютно покорена его обаянием, чувством собственного достоинства, цельностью натуры.

Мы с Ленни одногодки, и оба родились в стране, называемой тогда Советским Союзом. Именно поэтому мне было интересно узнать подробности того, как много можно сделать за тот же промежуток жизни.

Ленни красив и здоров, благодаря своей природе и молодости. Предельно успешен в мире спорта, настоящая спортивная звезда. Он счастливый муж и отец двух очаровательных годовалых девочек-близняшек. Будучи капитаном американской олимпийской команды по плаванию, Ленни остаётся стопроцентным одесситом.

– Что вы чувствовали, когда во время ваших неоднократных награждений звучал гимн Америки? – был мой первый вопрос к нему.

– Эмоции я испытывал смешанные. Выступать за Америку было очень почётно и ответственно. Но я никогда не забывал, где начал тренироваться, и всегда говорю, что без моей российской базовой подготовки я бы никогда не достиг того, чего достиг. В Одессе я плавал семь лет, начиная с пятилетнего возраста, а в Америку приехал в тринадцать.

– Америка для вас родная страна?

– Да, Америку я люблю, но чувствую себя больше россиянином, чем американцем. Жена у меня одесситка, дома мы говорим по-русски, по телевизору смотрим русские каналы, музыку чаще всего слушаю русскую. То есть не сказал бы, что чувствую себя стопроцентным американцем.

– Вы счастливы в семейной жизни?

– Да, очень. Я нашёл спутницу жизни, которая понимает меня и которую понимаю я. Моя жена

– обалденная мама. В Америке привыкли, что всегда бэбиситтер смотрит за детьми, а моя жена сама воспитывает наших детей, не хочет никому доверять. И ещё за мной успевает присмотреть. Так что она у меня особенная.

– Многое объясняется тем, что вы оба из Одессы, не так ли?

– Безусловно. Между одесситами существует особое притяжение.

– Значит, ваши семейные узы базируются на взаимопонимании, любви, доверии. Это прекрасно.

– Я считаю, что так и должно быть.

– Однако создать хорошую семью, отдавая много времени своей профессии, – ещё более сложно.

– Да, я тоже так считаю, ведь спортивные, профессиональные успехи, они не навсегда. Мне кажется, любой человек рождается с задатками способностей, даже таланта. Просто мне повезло, что рядом со мной оказались те, кто помог мне распознать, в чём эти задатки и развить их. Прежде всего, это мои родители, учителя, тренеры.

– Когда вы поняли, что вы – талантливый человек?

– Это заняло время. Я должен был накопить уверенность в себе сначала. Пожалуй, впервые в возрасте двадцати лет я почувствовал, что смогу достичь достаточно высоких результатов в плавании. Есть люди, которые от рождения настолько талантливы, что им нужно тренироваться в два раза меньше, и они могут достичь большего, чем я. Да, есть люди очень талантливые.

– Мне казалось, чтобы достичь вершины, талант должен подкрепляться работоспособностью и трудолюбием.

– Обязательно. Например, на Олимпийских играх много достойных спортсменов, но выигрывают лишь единицы. Участвовать в Олимпиаде и выиграть её – две разные вещи.

– Как бы ни был талантлив ребёнок, на первых этапах жизненного пути большое значение имеют его родители. Вы уже немного коснулись этой темы, попробуйте развить её.

– Мой папа много сделал для того, чтобы я был лучшим. Он приходил на тренировки каждый день, сидел и смотрел. Дома была атмосфера такая, что даже если бы я и хотел оставить спорт, то не смог бы – чтобы не огорчить родителей.

– Родители занимались спортом?

– Большие фанаты спорта, но спортом не занимались.

– Ленни, а почему именно плаванием вы стали заниматься?

– В Союзе был футбол очень популярен, но, когда папа хотел меня отдать в футбольную секцию, выяснилось, что принимают туда лишь с семи лет. Мы решили, что я начну плавать, а потом перейду в футбол, но так никогда и не перешёл. Я много времени проводил на сборах, выступая за спортивный клуб армии, тренировался по пять часов в день. Так постепенно плаванье становилось моей судьбой.

– Планы на будущее в спорте?

– После Афин я решил, что плавать больше не буду из-за травмы плеча, да и возраст уже… (Ленни родился в 1975 году.) Но потом оказалось, что мне бы хотелось продолжить заниматься любимым делом. Если будет здоровье, хочу попробовать ещё, ведь очень редко в жизни мы имеем возможность делать то, что по-настоящему любим и по-настоящему хорошо делаем.

– Говорят, вы хотите посвятить себя *бродкастингу* (телевизионное комментирование спорта).

– Нет, не хочу. Потому что я привык: если что-то делать, то надо выкладываться на сто процентов. А в этом случае я не готов. Не готов всё начинать сначала, включая учёбу. Надо зарабатывать семье на жизнь. Плюс в *интертеймент-бизнесе* (а *бродкастинг* часть этого бизнеса) приходится всегда целовать чью-то задницу, но это не по мне. Я привык жить по принципу: произойдёт то или иное событие или нет, зависит только от меня. Мне нравится держать под контролем свою собственную судьбу.

ГЛАВА VIII

Богиня любви

Н а календарном листе был февраль, приближался день Святого Валентина, и мне предстояла встреча с Брендой Венус – актрисой, писательницей и профессиональной танцовщицей. С Брендой меня познакомил учитель балета Юрий Смальцов. Он и его мама владели небольшой балетной студией в Голливуде, а я иногда посещала их занятия. Бренда тоже в прошлом была ученицей Юрия, испытывала к нему огромное уважение, поэтому в его просьбе ввести меня в круг голливудского общества отказать не могла.

Бренда – уникальная женщина. Она носила статус Богини любви и даже её фамилия Венус (Венера) подтверждала это. Бренда написала нескольких книг, снялась во многих фильмах, публиковала статьи в «Плейбое» и была невероятно пленительной женщиной. Она назначила нашу первую встречу в День Святого Валентина и попросила принести с собой розовое шампанское и шоколад. То, что она обаяла меня при нашей первой встрече, удивительным не было.

Широкую известность Бренде принесла публикация её личной переписки с классиком американской литературы, всемирно известным автором романов «Тропик Рака» и «Тропик Козерога» Генри Миллером. Бренда была последней его большой любовью, и, как она утверждает, отношения между ними были исключительно платонические. Бренда трепетно относится к памяти Генри Миллера и считает его своим ментором. Именно в качестве личного друга Генри Миллера она была приглашена в Россию, где её встречали на очень высоком уровне, с её многочисленными портретами на экранах вдоль шоссе. Сама Бренда об этом рассказывала так:

— Приближался мой день рождения, и вот смотрю я на звёздное небо и прошу о неожиданном сюрпризе. А несколько дней спустя мне позвонили с приглашением посетить Россию…

Она действительно как ребёнок: верит в исполнение своих желаний и по вечерам разговаривает со звёздами. Как позже выяснилось в России, её пригласили для участия в постановке пьесы об их романе с Генри Миллером.

Живёт Бренда в Беверли-Хиллз. Будуар и гостиная в её доме великолепны. Удобный и вместе с тем уютный рабочий кабинет – её пристанище. А всегда помогает оставаться в прекрасной форме хорошо оборудованный небольшой спортивный зал.

Вскоре мы с Брендой стали большими приятелями. Общались на своём языке – людей, родившихся под знаком Скорпиона. Бренда вполне откровенно и естественно говорит на темы взаимоотношений между мужчиной и женщиной. Всё это совершенно лишено налёта вульгарности, а рассказы её базируются или на личном опыте, или на многочисленных интервью, которые она брала на эту тему. Наша дружба вылилась в небольшое творческое сотрудничество. Бренда работала в то время над документальным фильмом под интригующим названием «Любовь и секс в Лос-Анджелесе» и попросила меня помочь в съёмках. К сожалению, этот съёмочный день окончился для Бренды неудачно – она сломала руку, но фильм тем не менее к концу 2006 года уже был полностью отснят.

Так вот, в день, когда Бренда попросила меня участвовать в съёмках, мы должны были навестить магазин эротических игрушек. Вторая приглашённая Брендой девушка, которой важно было назвать этот фильм в своём резюме, должна была ходить по магазину и перед камерой восхищаться секс-игрушками. Я на всё смотрела с недоумением, думая про себя: «Зачем всё это здоровому, нормальному человеку?» В конце нашего тура я спросила продавца магазина:

– Кто ваши клиенты, они здоровые люди?

На что она мне ответила:

– *Everything, that is legal, is healthy in America.*

Переводилось это приблизительно так: всё, что не противоречит рамкам закона, не является патологией. Ответ настолько характеризовал менталитет американцев, что было вдвойне комично услышать его в секс-шопе. И я расхохоталась. Но вдруг – о ужас!

– Бренда грохнулась на пол: она поскользнулась, и рука, державшая тяжёлую камеру, была повреждена.

Для того чтобы закончить фильм, Бренде пришлось расстаться со своим шикарным автомобилем «Порше». Женщиной была она хоть и небедной, но зарабатывала на жизнь сама. Вложив последние деньги в создание картины, Бренда просто обязана была продать её. Поэтому изначально запланированный как документальный – об отношениях мужчины и женщины, – фильм впоследствии рекламировался как эротический, чтобы придать большего веса на рынке. Ведь секс, как и всё вокруг него, занимает лидирующую позицию по спросу: уж так устроена природа человека.

Обладая несомненным артистическим даром и яркой внешностью, Бренда начала свою карьеру в качестве киноактрисы (одна из первых картин с участием Клинта Иствуда). Но даже самая хорошая актриса не снимается более чем в трёх-четырёх фильмах в год, поэтому Бренда стала искать для себя иное поле деятельности: занялась литературной практикой и поездкой с лекциями по стране. Помимо запоминающейся внешности, у неё было доброе сердце и голова, не лишённая интеллекта. Но как бы я ни восхищалась творческими и интеллектуальными способностями Бренды, вся её жизнь крутилась вокруг одного великого механизма человеческих взаимоотношений – секса.

Ко времени нашего знакомства ей было уже за пятьдесят, но выглядела она великолепно. Она ни разу не была замужем и до последнего пыталась избежать участи замужней женщины. Так, показывая мне бриллиант в шесть карат, рассказывала, что это подарок очень богатого человека, который уже много лет добивается её руки.

– Зачем это ему? – спросила я.

– Как ты не понимаешь, я же была очень знаменита, и для него я – своеобразный социальный приз. Богатые мужчины любят получать женщин, что-то представляющих собой в социальном плане. Он покупает дорогую игрушку, которую хотели бы иметь многие…

Но несмотря ни на что, любовь для Бренды не была пустым звуком.

Первая её книга называлась *Dear, Dear Brenda* – так же, как первые строчки писем Генри Миллера к ней. Затем вышли в свет «Секреты соблазнения для мужчин» и «Секреты соблазнения для женщин».

Встреча с Генри Миллером была для Бренды невероятным везением. Писателю было за шестьдесят, и он был известен всему миру, а Бренде на тот момент было около двадцати. Но самым главным для начинающей киноактрисы была не известность Миллера, а его творческая щедрость и талант, с которым он возносил Бренду до статуса богини.

Вот одно из опубликованных Брендой писем писателя к ней, которое я рискнула перевести на русский язык: «…И сейчас я схожу с ума по женщине, которая пишет мне необыкновенные письма, которая любит меня до смерти и которая сохраняет жизнь во мне и мою влюблённость (совершенная любовь в первый раз), которая пишет мне трогательные слова, и я радуюсь и смущаюсь, словно подросток. Но более всего – благодарен и чувствую себя счастливчиком.

Действительно ли я заслуживаю все эти чудесные слова, посвящённые мне? Ты заставляешь меня задуматься, кто же я на самом деле, знаю ли я себя по-настоящему. Ты оставляешь меня плывущим в загадочности. За это я люблю тебя всё больше. Я встаю на колени, я молюсь за тебя и благословляю тебя всем тем немногим святым, что есть во мне. Процветай, наидражайшая Бренда, и никогда не отказывайся от этого романса твоей молодой жизни. Мы оба благословенны. Мы не часть этой жизни. Мы – звёзды и всё то, что за пределами Вселенной…»

После такого письма хочется затаить дыхание и долго не произносить ни слова.

Должна подтвердить: венец любви, который Генри Миллер возложил на Бренду Венус, она несёт достойно.

ГЛАВА IX

Человек, которому доступно стать посмертным соседом Мэрилин Монро

В один из вечеров мы с моей подругой посетили вечеринку владельца журнала «Плейбой» Хью Хефнера, где предполагалось чествование Девушки месяца, и по этому поводу присутствовали милые, ласковые, пушистые голливудские «зайки» (от фирменного знака «Плейбоя» – кролика, или зайки). Публика в клубе собралась разношёрстная, было много привлекательных молодых людей и девушек с красивыми фигурами. Заек было восемь: пять блондинок и три брюнетки. Платья эффектно обтягивали и без того роскошные формы, но у всех абсолютно – закрытая от посторонних глаз грудь.

Зайки сидели в «клетке» и томно о чём-то разговаривали. Клетку соорудили из мебели клуба, состоящей из длинных диванов, отгораживавших прелести заек от остальной публики. Для надёжности и серьёзности добавили телохранителей. Попыток покушения на заек мы не замечали, все были слишком заняты осознанием значительности момента. Как это замечательно быть участником плейбой-вечеринки!

Неожиданно в клетке для заек наметилось движение. Мистер Хью Хефнер вступал в свои владения и был в окружении прекрасных заек. Проделав несколько танцевальных движений и продемонстрировав публике всеобщее веселье, мистер Хефнер скромно удалился в уголок к своей главной зайке.

Кстати, для тех, кто не знает. Хью Хефнер был ординарным американцем, от которого собиралась уходить жена. Он занял десять тысяч долларов и стал издавать полуэротический журнал, которому в то время не было конкуренции. Предприятие не было бы столь успешным, если бы на обложке первого выпуска не красовались эксклюзивные снимки полуобнажённой Мэрилин Монро. Прошли годы, и сейчас его издание популярно во всём мире, а сам он живёт в огромном замке, второй этаж которого вместе с десятью спальнями предназначен для заек. Когда наступает время для одиночества, дом пустеет, зайки отправляются на каникулы. Но неизменным остаётся проживание бывшей жены и детей от второго брака, которые располагаются в отдельно построенном доме.

Возросло, естественно, финансовое состояние Хефнера. Так, выкупленный им склеп для захоронения рядом со склепом Мэрилин Монро обошёлся ему в восемьсот тысяч долларов, что уже в восемьдесят раз превышало гонорары, выплаченные Мэрилин при жизни.

Как-то в прямом эфире телевидения одна из американок-домохозяек задала ему вопрос, который поставил его в тупик и заставил задуматься. Сердитым голосом она спросила:

– Мистер Хефнер, вы никогда не задумывались о том, как мужья обычных женщин могут любить своих жён после просмотра журналов, в которых изображены блондинки, похожие на ангелов, предназначенные исключительно для удовольствия? Как после этого мужчины могут любить обычных женщин, которые пекут пироги и моют посуду?

Хью Хефнер не нашёлся что ответить, а может, у него просто не хватило бы времени ответить правду и сказать, что самый пик карьеры для зайки – это или контракт на работу в шоу Лас-Вегаса, или, что происходит чаще, брак с человеком, материальный достаток которого настолько высок, что о приготовлении пирога и мойке посуды не может быть и речи.

Во время моих размышлений подруга в подробностях изучала то, во что были одеты зайки, объём их груди, высоту каблука и объём талии. Нельзя сказать, что все зайки ощущали себя комфортно в условиях этого зоопарка. Некоторые выглядели довольно обескураженно. После недолгих раздумий подруга произнесла:

– Мне кажется, что русским мужчинам важно всё-таки внутреннее содержание женщины, а не только внешний лоск.

– Ты думаешь, что ангелом быть почётней, чем плейбой-зайкой? – спросила я подругу.

– Конечно, – сразу ответила она. А помедлив, сказала: – Знаешь, на какой вопрос у меня всё нет ответа: почему любимый и единственный, для кого была бы непременно важна твоя невинность, не может встретиться тебе в начале жизненного пути?

Глубокие наблюдения моей подруги были правдой, которая не совсем имела отношение к Голливуду.

Появление на страницах журнала «Плейбой» давало возможность развитию карьеры. Вот, например, история Бренды Родерик. В двадцать три года, упаковав свои вещи, она попрощалась с родными и отправилась в Голливуд, к славе. После этого были диваны в квартирах друзей, классы актёрского мастерства, безуспешный поиск работы. А далее – актёрская работа в «Беверли-Хиллз 90210» и появление в коммерческой рекламе. Затем произошло то, что бывает лишь в сказке, так сошлись для Бренды в тот день звёзды небесные… Зашла в престижный клуб потанцевать, и, надо же, почтил в это время своей персоной сие заведение Хью Хефнер. Заметил Бренду и пригласил к своему столику. Что потом? Бренда провела несколько месяцев на вилле Хефнера и вскоре получила звание Девушки месяца. Естественно, не заставил себя ждать титул Девушки года, открывший ей двери в шоу-бизнес. Ныне, чтобы воспользоваться её коммерческими услугами, потенциальный клиент должен заплатить около пятидесяти тысяч долларов, а участие в коммерческой раскрутке компании стоит около ста пятидесяти тысяч.

На страницы журнала «Плейбой» попадают девушки в возрасте немногим за двадцать, но бывают и исключения. На одном из фестивалей кино я познакомилась с женщиной, позировавшей для «Плейбоя» в пятьдесят лет. То была Терри Мур – продюсер, киноактриса, снявшаяся в девяносто трёх фильмах, номинированная в 1952 году на «Оскар». Она лично знала Элвиса Пресли, Мэрилин Монро, Риту Хейворт.

Терри Мур – истинно голливудская легенда – безусловно, оказывает влияние на мир Голливуда, в силу своих возможностей, конечно. А возможности этой хрупкой женщины подкреплены солидной долей состояния Говарда Хьюза, в своё время одного из самых богатых людей в мире – новатора американской авиации, промышленника, предпринимателя, режиссёра, кинопродюсера. Вы смотрели «Авиатор» с Леонардо Ди Каприо? В основу фильма положена необычная, необыкновенная история жизни Говарда Хьюза, его и сыграл Ди Каприо.

Вернёмся к Терри Мур (читай о ней также в главе 13). В свои семьдесят семь лет она полна жизни, обаятельна и выглядит настоящей звездой на красной оскаровской дорожке. Через неделю после нашего более близкого знакомства Терри была приглашена к Хью Хефнеру на празднование его юбилея.

Вечеринки у Хефнера проходят регулярно и, в общем, по знакомому сценарию. Приблизительно тот же круг мужчин и меняющиеся полуобнажённые девушки. Когда попадаешь в этот рай на земле полуодетых гурий, поначалу испытываешь восторг, восхищение, затем гамма чувств меняется на противоположную, и через пару часов становится просто скучно от обилия обнажённых бюстов – мечты мужчин, ставшей явью благодаря пластическим операциям.

Мужчины ценят в женщине прежде всего внешние данные и сексуальную привлекательность, душевные качества и сила духа – необходимые составляющие этой привлекательности. Как говорит Вуди Аллен, «если ваша жена красива изнутри, выверните её наизнанку». На что русские мужчины более лояльно отвечают: «Не бывает некрасивых женщин, бывает только мало выпитого алкоголя».

ГЛАВА X

*«Если звёзды зажигают –
значит – это кому-нибудь нужно… »*

Прожив некоторое время в Голливуде, я поняла, что здесь не существует талантливых или не очень талантливых людей. Существуют только те, кто уже сделал Это, кто ещё на пути к Этому, и те (а их большая часть), кто храбро развернулся посреди пути и решил околицей перейти на другую, более наделённую смыслом дорогу. Некоторые на этом пути немного сходят с ума и начинают жить в мире собственного воображения, считая, что весь мир существует по тем же законам. Последней и предпоследней категории большинство. Под Этим я подразумеваю Славу и Публичную известность.

Когда-то в записках русских режиссёров я встретила такую фразу: «Талант подразумевает необходимые качества для собственной реализации». Порой мне кажется, что талантливый человек обладает особенной структурой души, способной подниматься к небесам за необходимой порцией вдохновения. Человеку с такой душой могут быть неприятны и омерзительны правила игры, ведущие к славе.

Быть звездой – это судьба, и даже если семейные звёздные обстоятельства складываются благоприятно, могут пройти десятки лет, прежде чем наступит признание. Как, например, в случае с дочкой непревзойдённого Фрэнка Синатры – Нэнси.

В апреле 2006 года мой друг Фрэнк Сталлоне пригласил меня на знаменательное событие – открытие новой звезды на Голливудском бульваре. После шестидесяти лет творческой карьеры Нэнси Синатра – певица, актриса – получила возможность увековечить своё имя на знаменитом бульваре. Я очень люблю песни Фрэнка Синатры и благодарна Фрэнку Сталлоне: исполнитель песен в подобном жанре, он познакомил меня с этой частью американской культуры. К ней принадлежит и Нэнси Синатра. Её собственная слава далека от славы её отца, но я песни Нэнси обожаю. Вспомните хотя бы «Бен-Бен», с которой начинается фильм Квентина Тарантино «Убить Билла».

Звезда Нэнси располагалась на Аллее звёзд рядом со знаменитым отелем «Рузвельт». Небольшой участок Голливудского бульвара был ограждён, и вокруг уже собралась толпа журналистов, поклонников Нэнси, просто прогуливавшихся граждан. Постепенно подходили почётные гости, приглашённые семьёй Синатра: мамой Нэнси – вдовой Фрэнка Синатры, братом – Фрэнком-младшим и сестрой Тиной.

Сама виновница торжества в свои шестьдесят шесть лет выглядела замечательно, излучала радость, приветливость, при этом каждое её движение было исполнено достоинства, как и подобает настоящей звезде. Одета в стиле «рок-н-ролл» – джинсы и цветастая элегантная кофта «летучая мышь», развевавшаяся на ветру. Стрижка – каре по плечи, голливудская улыбка, приятный голос.

Церемонию открыл мэр Лос-Анджелеса Джон Грант. Он хорошо знал Фрэнка Синатру и был поклонником его таланта. Именно Джон Грант в течение ряда лет считался «первооткрывателем звёзд» на Аллее славы Голливуда.

Слово взял ветеран Вьетнамской войны. Он рассказал о том, как Нэнси гастролировала с концертной программой во время войны во Вьетнаме, она приезжала, чтобы поддержать боевой дух американских солдат. О патриотизме и любви к своей стране говорил и Фрэнк Синатра-младший, тоже певец. Сказал он и о том, что отец часто повторял: «Без нашей страны мы ничто». Слова почитаемого всеми певца, киноактёра вызвали шквал аплодисментов.

Да, публика выражала восторг, и слышны были выкрики из толпы поклонников виновницы торжества:

– Я люблю тебя, Нэнси! Мы любим тебя, Нэнси!

В своём поздравительном слове брат Нэнси процитировал фразу отца, которая запала мне в душу:

– Никогда, никогда не пой и ничего не делай без желания и страсти в сердце.

А Нэнси Синатра, обратившись с тёплыми словами благодарности ко всем, сказала не менее сакраментальное:

– *Never give up* (Никогда не сдавайтесь).

На этом непродолжительная официальная часть открытия звезды была завершена, дальше предстоял обед для друзей и членов семьи, к которым я, в отличие от Фрэнка Сталлоне, не имела никакого отношения.

Фрэнк упомянул, что, когда открывали звезду его брата Сильвестра, на Голливуд-бульваре были сотни людей, и церемония постепенно переросла в настоящее празднество. Его брат был и остаётся любимцем зрителей. История Рокки настолько запала в их сердца, что они полностью ассоциировали своего героя с исполнителем главной роли – Сильвестром Сталлоне.

После этих коротких комментариев Фрэнк, лично знавший всю семью Синатры и бывший в какой-то степени преемником его творчества, присоединился к группе людей, готовых отправиться на торжественный обед по случаю открытия звезды Нэнси. А я осталась на знаменитом Голливудском бульваре, слившись с толпой, над которой, вне всякого сомнения, в тот день летал могущественный дух Голливуда.

ГЛАВА XI

*Нравы Голливуда, или Почему Жаклин Сталлоне
интересовалась моей профессией*

В Америке есть прекрасный праздник – День матери. Это наподобие нашего 8 Марта, только все поздравления отправляются в адрес матерей, и вся семья собирается дома или в ресторане.

В один из таких дней я увидела маму известного всем Сильвестра Сталлоне. Познакомил меня с ней его брат Фрэнк, а произошло это при следующих обстоятельствах. Мы договорились встретиться с Фрэнком в этот день, и он, ужинавший с мамой недалеко от моей квартиры в Голливуде, пригласил меня подъехать. Надев платье кремового цвета (о таких говорят: скромненько, но со вкусом), слегка подчёркивавшее фигуру, я захватила с собой небольшой букет полевых цветов в надежде подарить их Жаклин Сталлоне.

Встреча должна была проходить в ресторане *Rainbow*. Он знаменит тем, что принадлежит итальянской семье, и его жалуют известные люди Голливуда. Придя в ресторан, я вручила свой букет пожилой паре – владельцам ресторана.

– У вас замечательные сыновья (имея в виду Сильвестра и Фрэнка Сталлоне), – произнесла я, вложив в свои слова максимум сердечности и искренности. Каково же было моё удивление, когда, после того как пара удалилась, Фрэнк указал на стол в углу ресторана: «А вот и моя мама». Человек публичный, он считал, что все должны знать, как выглядит его мать, проводившая немало времени перед телекамерами. Фрэнк подвёл меня к маме и представил:

– Это Марина.

– *How exactly she makes her living?* (Как она зарабатывает себе на жизнь?) – спросила Жаклин Сталлоне, не тратя много времени на любезности.

– *Mother, she is a doctor* (Мама, она врач.), – услышала я оправдывающиеся нотки в голосе Фрэнка. Взаимоотношения в этой звёздной семье были более чем непростые, уходящие своими корнями в далёкое детство.

– *I will explain situation myself* (Я объясню ситуацию сама.), – вмешалась я в разговор.

После того как я объяснила, чем занимаюсь профессионально, что, в общем, означало, что я не охочусь за деньгами её сына, Жаклин Сталлоне сменила гнев на милость, и у нас состоялся вполне интересный разговор.

Я понимала настороженность Жаклин. В Голливуде (и не только в Голливуде) есть категория молодых девушек, что живёт за счёт средств богатых американцев, в частности продюсеров и актёров, охотясь за ними целенаправленно. Их называют *Gold diggers*. Есть также и многочисленная категория мужчин, предпочитающая платить ежемесячное пособие своим любовницам, вместо того чтобы формировать семейные узы, подразумевающие ответственность за дорогих тебе людей.

Многие мужчины в возрасте за сорок, оставив позади опыт семейных отношений и заработав приличное состояние, хотят развлекаться и готовы за это платить. На смену одной избраннице приходит другая, третья… Распущенность в сексуальных отношениях несовместима с любовью, желанием иметь детей. Кстати, для того чтобы беспрепятственно наслаждаться сексуальной свободой, некоторые мужские особи решаются на операцию перевязки семенных канатиков, что освобождает их от обязанности отвечать за свои сексуальные игры.

Нравственные ценности занижены на Фабрике грёз. И так было всегда. Хотя Голливуд и в этом плане в наше время отличается от Голливуда середины прошлого столетия. Причин того, с моей точки зрения, несколько: *ныне* это – творческая, богемная среда, не имеющая комплексов, в категорию которых *ранее* подпадали стыдливость, невинность, преданность; *ныне* – это высокая конкуренция, заставляющая девушек, да и молодых людей, быть более изобретательными, чем принято; и последнее, но отнюдь не маловажное – деньги, погоня за деньгами, это было всегда, однако в наше время возведено в культ. Осуждаю? Конечно, нет, просто делюсь опытом. Потому что те, кто прошёл через всё это и остался на плаву, сохранив чувство собственного достоинства, талант, человеческие качества и не истощённый наркотиками мозг, заслуживают самого большого уважения.

В глазах Жаклин Сталлоне, прожившей в Голливуде достаточно долго, чтобы сохранить общепринятые взгляды на человеческие взаимоотношения, каждая девушка превращалась в потенциальную *Gold digger*.

После того как мне всё-таки удалось внушить ей симпатию, она поведала мне, что её родители родом из Одессы и что она была личным астрологом Михаила Горбачёва.

У Жаклин огромное количество достоинств, но, как и у многих в Голливуде, подчас отсутствует скромность. Так, на её веб-сайте официально упоминается, что она являлась «астрологом всего Советского Союза».

Поделилась Жаклин со мной и тем, что стала заниматься астрологией со времени замужества: проводя много времени дома, была вынуждена хоть чем-то себя занять (на профессиональном же сайте упоминается, что астрологией она увлеклась ещё в детстве). Должна признаться, что, только я села рядом с ней, она сразу же, по одним только ей ведомым признакам, определила, что я Скорпион по знаку зодиака.

Жаклин Сталлоне – очень экспрессивная женщина. Когда-то она была хороша собой, к моменту же нашей встречи её мимика явно была ограничена пластическими операциями, но лицо хранило остатки былой красоты.

В нашем разговоре мы затронули интереснейшую тему о предопределённости судьбы, точнее, о том, действительно ли расположение звёзд определяет важнейшие события в жизни человека или же это полностью заслуга силы личности.

В тот день я говорила с земной звездой о звёздах небесных.

ГЛАВА XII

Лица с обложек журналов.
Где и как их можно встретить

Прежде всего, на кинофестивалях. В Америке это очень важная часть киноиндустрии. Фильмы показывают публике и жюри подобно выставкам собак – с той лишь разницей, что важен не только экстерьер питомца, но ещё биография владельца и даже политический расклад в той стране, откуда прибыл конкурсант. На фестивалях завязываются профессиональные контакты, заключаются подчас контракты – составляющая кинопроизводства.

Я больше всего люблю *Tribeca Film Festival* (нью-йоркский фестиваль под покровительством Роберта Де Ниро) и *Sundance* (фестиваль, проходящий под эгидой Роберта Редфорда).

Небольшой городок Парк-Сити штата Юта – центр проведения ежегодного фестиваля *Sundance* – превращается за одну ночь из города в семь с половиной тысяч жителей в сорокапятитысячный. Найти место в гостинице практически невозможно, снять жильё у местных жителей – невероятно дорого. У меня оказалась возможность побывать на фестивале благодаря моему пациенту, в доме которого я и остановилась.

Однако мало какой фестиваль может сравниться по своей дороговизне (вы уже, наверное, догадались) с фестивалем в Каннах. Сюда приезжает около двадцати пяти тысяч человек. Стоимость одной ночи в гостинице «Карлтон» с видом на океан – четырнадцать тысяч долларов. Продавцы магазинов мгновенно узнают приезжих. Владельцы галерей упаковывают свои картины, так как на все десять дней фестиваля галереи будут сдаваться в аренду крупным кинокомпаниям для проведения частных вечеринок. Центральную улицу города заполняют местные жители в надежде увидеть знаменитостей среди приезжих гостей. В толпе местные жители смешиваются с участниками фестивалей. Я тоже являюсь частью этого потока, предвкушая нечто необыкновенное, а проезжающие мимо лимузины подогревают ожидание сказки.

Всю фестивальную публику можно разделить на три категории: творческие люди, стремящиеся к разностороннему общению; снобы, считающие себя звёздами; акулы шоу-бизнеса, разруливающие машину индустрии и раскручивающие реальных звёзд.

Статус звёздности актёра в Америке определяется уровнем его популярности, суммой, выплачиваемой за участие в фильме, и суммой, которую фильм собирает в прокате. Поэтому существуют актёры группы А (миллионные контракты) и актёры группы В.

Для многих дебютных фильмов, сделанных на малобюджетной основе, участие в фестивалях становится трамплином в большое будущее. Но сначала они должны получить признание публики и завоевать призы от профессионального жюри. Так было с картиной *Genghis Blues,* о которой я писала в предыдущих главах: до оскаровской номинации она участвовала в фестивале и к тому времени уже получила призы, имея отличные отзывы в прессе.

В процессе подготовки фильма к фестивалю выстраивается определённая тактика, ведь участие в одном фестивале исключает участие в другом. Ещё есть такое очень важное понятие, как премьера – мировая премьера, премьера на территории США, Европы, Азии, Латинской Америки и т.д.

В 2005 году на фестиваль *Sundance* в Парк-Сити были привезены двести два фильма на тридцати языках из тридцати шести стран мира. Просмотр длился десять дней. Двадцать восемь новых работ, в том числе мировые премьеры, были представлены авторами из Анголы, Эквадора, Нидерландов. Статус интернационального фестиваль приобрёл в 1985 году.

В перерывах между показами участники и гости фестиваля, в том числе и я, катались на лыжах. Штат Юта, где проходил фестиваль, славен своими горнолыжными курортами: вспомним, в 2004 году там проходили зимние Олимпийские игры. Так вот, ожидая своей очереди на подъёмник, я познакомилась с участниками фестиваля из Лондона. Они пригласили меня на показ своего фильма *9 Songs* («9 песен»), осторожно предупредив, что фильм сделан далеко не в классическом стиле.

Я смогла в этом убедиться, увидев моих новых знакомых на сцене кинотеатра во главе с режиссёром картины *Michael Winterboottom* (Майкл Уинтерботтом). «9 песен» – это история любви двух молодых людей, встретившихся на концерте рок-н-ролла. Рассказана и показана, главным образом, достаточно откровенно, отнюдь не через платонические отношения. И разве можно было себе представить, что актёры, их играющие, *Margot Stilly* (Марго Стилли) и *Kieran O'Brien* (Киран О'Брайан), вполне невинно потягивали коктейль высоко в горах при нашем знакомстве и ни одним движением не проявили в себе признаки главных героев эротического триллера, каким оказался их фильм. Кстати, Марго Стилли и Киран О'Брайан в Великобритании – настоящие звёзды.

Прелесть фестивалей для зрителей – в контрастности фильмов и, пожалуй, ещё в том, что документальное кино реально передаёт картину окружающего мира без субъективных искажений, как это происходит обычно в прессе.

Просмотренный на следующий день документальный фильм «Дети Ленинградской», созданный польскими режиссёрами Ханной Полак и Андреем Зелински, по своей эмоциональной гамме вытеснил эмоции предыдущего фильма практически без остатка. Это – сорокаминутная лента шокирующей правды о детях и подростках, живущих на вокзалах и станциях метро Москвы. Вызывают боль и сострадание монологи десяти-тринадцатилетних детей о жизни беспризорников, токсикомании и проституции, насилии со стороны правоохранительных органов. Глаза детей, потерявших доверие к людям и слагающих песни о маме, вызывают не только слёзы, но желание действовать – чтобы хоть как-то восстановить баланс в этом мире. Этот фильм, недоступный для показа на широком экране в России, увидели многие в Америке и сформировали своё мнение о социальной обстановке в России. В 2005 году фильм «Дети Ленинградской» был номинирован на «Оскар».

Я встретилась с Ханной Полак в Москве. Наше знакомство произошло в московском офисе нью-йоркского детского благотворительного фонда. Ханна заехала туда, чтобы забрать ежемесячное стодолларовое пособие для шестнадцатилетней девочки, героини её следующего фильма, которая последние несколько лет обитала на помойках Москвы. Эта девочка-подросток была беременна и собиралась рожать там. Но Ханна нашла для неё загородную избушку и перевезла туда, чтобы ребёнок мог появиться на свет в более-менее приличных условиях.

В новом фильме Ханны, среди прочего, будут показаны действующая кухня для бездомных детей и сюжет о безногом инвалиде, одном из колонии обитателей помойки. Я лично стала свидетельницей заботы Ханны об этом инвалиде (у него жена и сын алкоголики), с её помощью безногий был помещён в госпиталь.

С точки зрения политики может показаться странным: почему полька Ханна делает фильмы о выброшенных из жизни русских, главным образом детях? Всё потому, что Ханна – не политик. Она просто любит Россию, и она – альтруистка, филантроп, наделённая талантом будоражить человеческие сердца через киноискусство.

ГЛАВА XIII

Какие же они, актёры,
сошедшие с экрана в повседневную жизнь?

В Лос-Анджелесе одно время ежегодно проводился фестиваль Стаса Намина «Русские вечера». Один из таких фестивалей в 2006 году я освещала для газеты, и именно там я впервые встретилась с Терри Мур (см. главу 9), но наше личное знакомство состоялось несколько позже.

На «Русских вечерах» в том году, кроме американских гостей, присутствовали русские актёры, живущие в Голливуде: Родион Нахапетов, Олег Видов, Галина Логинова (более известная как мама Миллы Йовович) – и приехавшие из России: невероятно экспрессивный Виктор Сухоруков, Алексей Федорченко, Светлана Проскурина, Александр Кузнецов, сыгравший любимого российскими зрителями Джека Восьмёркина – «Американца».

Фестиваль открылся фильмом-комедией «Заяц над пропастью», созданным в фантастическом жанре замечательным режиссёром Тиграном Кеосаяном. Автор затрагивает достаточно интересную тему внутренней несвободы людей, облечённых властью. А противопоставляет им простоту, свободолюбие народа, который рождается с этим, – цыган. Не всё в фильме могло быть понятно американцам, и я, сидевшая в зале через проход от Терри Мур, наблюдала за её реакцией. Несколько дней спустя, когда я спросила, понравился ли ей фильм, она сказала, что любая история о цыганах близка её душе. В целом картина Тиграна Кеосаяна – заметим, при полном зале – была принята замечательно.

В конце первого фестивального дня произошёл трогательный эпизод не только для организатора фестиваля Стаса Намина, но и для всех присутствующих. Бёрт Янг, известный российским зрителям по фильмам «Рокки» и «Трансамерика», к тому же занимающийся живописью, подписал кистью на холсте одну из своих художественных работ. То был портрет мамы Стаса Намина.

В процессе нашей беседы с Бёртом Янгом я упомянула о художественных работах его друга и коллеги Сильвестра Сталлоне, на что он с лукавой задоринкой в глазах ответил:

– Ты знаешь, что он говорит, когда видит мои работы? Он завидует…

Затем я упомянула, что хотела бы взять у него интервью, и Янг, как истинный джентльмен, которому за семьдесят, шутя отреагировал:

– Имейте в виду, я не женат.

Виктор Сухоруков представлял два фильма в разных жанрах. На вопрос прессы, хотел бы он работать в Голливуде, Сухоруков патриотично заявил, что «и в России дел полно». Вероятно, на его патриотизме отразилась роль Ленина в юмористическом фильме «Комедия строгого режима». Аудитория могла полностью насладиться комизмом и артистизмом актёра непосредственно перед показом фильма. В следующий вечер была представлена лента «Ночной продавец», где вместе с Виктором Сухоруковым снималась Ингеборга Дапкунайте. Ностальгические нотки для русскоязычных зрителей в программу фестиваля внесли «Необыкновенный концерт» в исполнении Театра кукол имени Сергея Образцова и джазовый квартет Игоря Бутмана.

Мюзикл «Волосы», как мне кажется, – удачный выбор для «Русских вечеров». Он привлёк внимание многих американских гостей и понравился им, если судить хотя бы по тому, с каким восторгом Гарри Бюси (приглашённый в качестве гостя Родиона Нахапетова) выскочил на сцену, чтобы в финальном выходе присоединиться к девушкам, участвовавшим в шоу.

На закрытии фестиваля при вручении наград зрители встретились с Харрисоном Фордом, Беном Кингсли и Вадимом Перельманом, создателем номинированной на «Оскар» картины «Дом на песке».

Общение со звёздами было возможно не для всех, а только для обладателей *VIP pass*, который журналистам не полагался, поэтому в небольшой тесной комнатке я уже находилась в качестве частного лица. У меня оказалась прекрасная возможность выразить своё восхищение Бену Кингсли за его киноработы и, в частности, за исполнение роли Ганди в одноимённом фильме. Поинтересовавшись, чем я занимаюсь, и узнав о моих очень скромных актёрских начинаниях, он отметил с глубоким смыслом:

– *Well, we have a lot to do.* (Нам ещё много чего предстоит сделать.)

Отнести себя к категории *мы* я не могла, но услышать из уст Бена Кингсли эти слова для меня было отрадно и очень важно.

На следующий после фестиваля день вместе с моим приятелем продюсером Боу Бартоном мы поехали на студию «Горилла Пикчерс», заехав перед этим за Терри Мур. Я немного волновалась перед встречей, потому что к тому времени умные люди меня просветили о заслугах Терри, и иначе как к легенде голливудского кино я к ней не относилась. К моему волнению ещё добавлялось, что в то время я сама брала классы актёрского мастерства, и на студии мне предстояла встреча с голливудским агентом мистером Кавеллери.

Терри села в машину и, бросив на меня короткий взгляд, красивым глубоким голосом произнесла:

– *Hello, dear!* (Здравствуй, дорогуша!)

Вообще, я надеялась, что она меня не заметит на заднем сиденье, но Терри заметила. Завязался разговор, и я уже не испытывала никакого страха, лишь почтение к ней и восхищение. Это было не восхищение перед славой киноактрисы, сыгравшей во множестве фильмов, могущественного продюсера и вдовой Говарда Хьюза, а преклонение перед её душой, полной любви ко всему окружающему, выражаемой во взгляде и в голосе.

Когда я сказала о своих впечатлениях Боу Бартону, он, обожавший Терри, как собственную мать, ответил: «Марина, ты должна помнить: Терри актриса, у неё много лет была работа такая – влюблять в себя окружающих». Но я не верила, что сердце могло меня обмануть в отношении душевных качеств Терри. Маленькая, трепетная – и сила воли во взгляде. Она пользуется большим уважением в Голливуде.

Хелен Луэлла Кофорд (так звали Терри) родилась в Лос-Анджелесе 7 января 1929 года. В одиннадцать лет дебютировала на киностудии «Двадцатый век Фокс» в фильме «Ховарды из Вирджинии». Тогда же, в 1940 году, снялась в фильме «Мэриленд». В 1952 году получила номинацию на «Оскар» как лучшая актриса второго плана за фильм *Come Back Llittle Sheba* («Вернись, маленькая Шеба»), где сыграла вместе с Бертом Ланкастером.

Терри Мур снялась в девяносто трёх кино- и телефильмах – комедиях, драмах, мелодрамах, мюзиклах, триллерах. Её партнёрами были Анджела Лэнсбери, Лана Тёрнер, Ингрид Бергман, Фред Астер, Бёрт Янг и многие другие. В 1944 году, когда ей было пятнадцать лет, сыграла в психологическом триллере «Газовый свет» у выдающегося режиссёра Джорджа Кьюкора. А через сорок пять лет, в 1989 году, в комедии *Beverly Hills Brats* («Проказники из Беверли-Хиллз») она выступила сразу в трёх ипостасях: продюсера, сценаристки и актрисы.

В конце 1970-х, после смерти Говарда Хьюза, имя Терри Мур чаще встречалось на страницах прессы, чем на экранах кинотеатров. Именно тогда Терри официально заявила, что в 1949 году она и Говард Хьюз секретно оформили свой брак и никогда не разводились. После долгих судебных процессов Терри доказала свою официальную причастность к наследству Говарда Хьюза, что позволило ей упрочить своё положение как продюсера. После брака с Хьюзом Терри была замужем ещё пять раз. В одной из частных бесед она упомянула, что причина расставания (не развода) с Говардом Хьюзом – его частые измены, которые она смогла доказать документально.

На студии «Горилла Пикчерс» нас встретил обаятельной улыбкой Дон «Дракон» Уилсон (Don «the Dragon» Wilson), трёхкратный чемпион мира по кикбоксингу, актёр, продюсер. Родился он во Флориде, в его жилах течёт восточная кровь.

Когда в своё время его спортивная карьера подошла к завершению, Дон Уилсон приехал в Голливуд по совету своего друга Чака Норриса. Реальная актёрская карьера боксёра началась после знакомства с Роджером Корманом, в своё время открывшим Джека Николсона и Роберта Де Ниро. Корман и Дон Уилсон впоследствии сняли одиннадцать фильмов (мистер Корман даже застраховал лицо Уилсона на десять миллионов долларов).

Актёрскую карьеру Дон Уилсон успешно сочетает с продюсированием собственных фильмов. «Горилла Студио», где мы оказались вместе с Терри, принадлежит ему вместе с партнёром. Студия небольшая, но вмещает всё необходимое электронное оборудование для монтажа плёнки. Во время нашего визита шла монтажная работа над последним фильмом Дона.

Большую часть времени мы говорили о трагической смерти Криса Пенна, брата Шона Пенна и очень близкого друга Дона. Крис скончался от передозировки наркотиков, и совершенно очевидной была тоска Дона по ушедшему из жизни другу. Чуть менее известный, чем его брат Шон (голливудский актёр и один из мужей Мадонны), Крис всё же оставил свой след в истории голливудского кино.

После осмотра студии мы отправились обедать в близлежащий ресторан. Во время обеда всё было так непринуждённо и просто, что, по-моему, никто из посетителей даже не догадывался о присутствии звёзд в ресторане. Мы беседовали с Доном о его семье и поездках в Россию. Он оставил в моей памяти ощущение удивительной собранности, внутренней дисциплины и обаяния. Восточные единоборства – это как балет: бесконечные часы упражнений, укрепляющих дух и доводящих тело до совершенства.

Мы распрощались с Доном Уилсоном, и вновь в компании с Боу Бартоном и Терри Мур направились в офис Боба Уолла. По дороге мы с Терри разговаривали, и ощущения от общения с ней были равно такими, какими показались изначально. Терри тоже проявила ко мне интерес. Она положительно отнеслась к тому, что я, врач, занимаюсь журналистикой, беру уроки актёрского мастерства, неплохо знаю мир Голливуда. И задавала мне вопросы – но уже как доктору, специалисту в области косметологии.

Боб Уолл, владелец корпорации *Black Belt* (Чёрный пояс), – достаточно уважаемый человек в мире спорта и в Голливуде, а также бизнес-партнёр Чака Норриса. Его офис размещается в огромной комнате, увешанной множеством фотографий знаменитостей, с которыми он лично знаком.

Это была моя вторая встреча с Бобом Уоллом. При нашей первой встрече он познакомил меня со своей женой и очень тепло отозвался об узах брака. По всему было видно, что для этой пары узы – уж никак не кандалы, а счастье. Доказательством тому – их дочь-красавица, радостно улыбающаяся с фотографии.

Цель моего прежнего визита к Бобу – порекомендовать тренера, который смог бы дать мне несколько уроков восточных единоборств. Тренер действительно оказался высоким профессионалом, который соответственно и оценивал свою работу – сто долларов в час. Я, в принципе, могла обойтись более дешёвым наставником. К тому же, как мне потом объяснили, эти несколько занятий не увеличили бы мою востребованность в кино. А практика такова: если продюсер заинтересован снимать, он, как правило, оплачивает тренера.

Несмотря на такое окончание дела, знакомство с Бобом Уоллом было для меня приятным и полезным.

И вот теперь я вновь находилась в его офисе, но уже при других обстоятельствах. Во время беседы Боба и Терри я тихо сидела на диване. Предметом их разговора были серьёзные финансовые вопросы. Это была встреча серьёзных людей из мира кино.

После посещения офиса мы заехали в гости к Терри Мур в её небольшие апартаменты в Санта-Монике, недалеко от океана. Позже мы виделись с ней в Малибу, где, наряду с Беверли-Хиллз, живёт нынешняя голливудская элита.

Тот наш ужин в Малибу, когда я приехала поздравить её с католической Пасхой, запомнится мне на всю жизнь. Терри не спеша, с радостью и некой печалью, связанной с ностальгией по тем временам, вспоминала свои встречи с Мэрилин Монро, Ритой Хейворт и многими другими звёздами, что остались только на киноплёнках и в сердцах людей. Эти звёзды – не только земные, но и небесные, поскольку стали небожителями для поклонников их дара.

***

Так окончился определённый этап в моей жизни. Я мечтала попасть в Голливуд, хотела узнать: что же это такое, о чём грезит мир? Почему приходит волнение уже сразу после появления на экране названий легендарных студий – *Metro-Goldwyn-Mayer, Paramount, Warner Brothers, 20th Century Fox*.

С уверенностью могу сказать, что кое-что узнала о Голливуде и обрела здесь друзей и добрых знакомых.

Не потому, что была слишком назойлива и нетактична. А потому, что, находясь в чужой стране, пыталась прежде всего хорошо освоить её язык; поначалу не боялась любой работы, с моей точки зрения, не унижающей человеческого достоинства; стремилась найти медицинскую практику – работу по специальности; стала заниматься журналистикой.

Но так уж звёзды сошлись, что все стремления всегда выводили меня на голливудскую тропу, о чём может свидетельствовать читатель, ознакомившись с моим повествованием.

Сан-Франциско, Лос-Анджелес

Мама и папа

Лагерь для малообеспеченных семей.
Первые дни приезда в Америку.

С Питером Панаготакосом
на фоне его автомобильной коллекции.

Перед церемонией вручения «Оскар» с создателями
фильма *Genghis Blues*. *Слева направо: Адриан Белич,
Лемон де Джорж, Конгорол и Роко Белич (Голливуд, 2000 год).*

С Олегом Тактаровым, спортсменом и актёром, и Инной Бартош
на премьере фильма «Мороз по коже» (Голливуд).

Бренда Венус и Генри Миллер.

С братьями Адрианом и Роко Белич, создателями фильма *Genghis Blues*, номинированного на «Оскар», на премьере их фильма «Счастливый» (Малибу, Лос-Анджелес).

С одиннадцатикратным чемпионом мира по кикбоксингу Доном «Драконом» Уилсоном напротив студии «Горилла Пикчерс» (Голливуд).

Фрэнк Сталлоне и Сильвестр Сталлоне. Подпись Фрэнка: «Моей дорогой Марине. Пусть жизнь принесёт тебе всё лучшее, что она может предложить».

Конкурс «Мисс Русская Калифорния»
(Сан-Франциско, 2008 год).

Награждение финалистов конкурса
«Мисс Русская Калифорния» (Сан-Франциско, 2008 год).

Нэнси Синатра.

Во время обучения в модельной школе (Сан-Франциско).

С Терри Мур у неё дома (Санта Моника).

С Фрэнком Сталлоне на его концерте (Лос-Анджелес).

С актёром Бёртом Янгом (справа) на фоне его картины.
Фестиваль русского кино Стаса Намина в Лос-Анджелесе.

С актёром Джеффом Голдблюмом
(«Театро Зинзанни», Сан-Франциско)

В доме Роко Белича, в компании голливудских киношников.
Рядом со мной – Том Шедьяк, режиссёр кинофильмов
«Лжец, лжец» и «Чокнутый профессор»
с участием Джима Керри и Эдди Мёрфи (Малибу).

С голливудским актёром *TJ Storm* на премьере
Battle Brotherhood (Голливуд).

С Доном «Драконом» Уилсоном и Синтией Ротрок,
актрисой, обладательницей семи чёрных поясов
в боевых искусствах. Мировой конгресс по антивозрастной
медицине (Лас-Вегас).

Олимпийский чемпион Ленни Крайзельбург.

С актёром Александром Дьяченко
во время его приезда в Лос-Анджелес.

На фоне «Города ангелов» (Голливудские холмы, Лос-Анджелес).

Мастер-класс по работе с японской косметикой *Forlle'd*
(Канада, 2013 год).

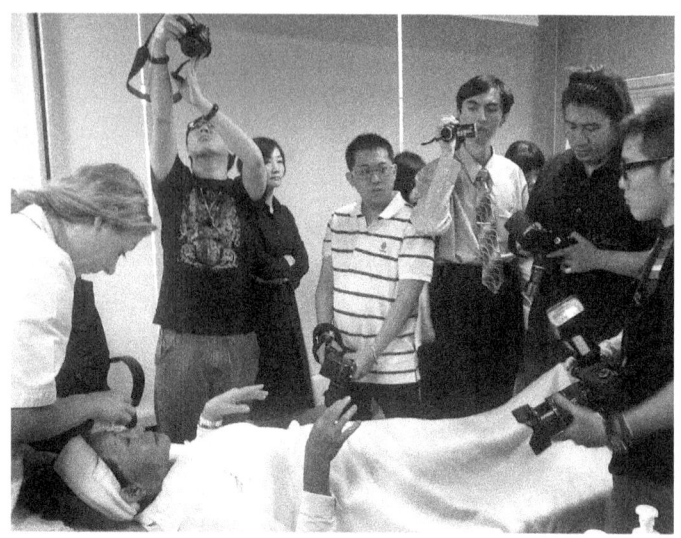

Во время презентация косметической линии (Тайбэй).

Выступление на Мировом конгрессе
по антивозрастной медицине (Лас-Вегас, 2015 год).

Презентация «Йоги для омоложения» на Мировом конгрессе антивозрастной медицины (Лас-Вегас, 2015).

С любимыми слушателями семинара «Йога для омоложения», устроенного в Москве журналом «Йога».

День влюблённых (Лос-Анджелес).

Церемония вручения «ТЭФИ». С лауреатами премии, телеведущими (слева направо) Дмитрием Губерниевым, моей школьной подругой Марией Ситтель, Андреем Карташовым (Останкино, Москва, 2015 год).

День, когда мне вручили награду за достижения в йоге.
С киноактрисой и спортсменкой Синтией Ротрок (первая слева)
и вице-президентом Американской академии
антивозрастной медицины Робертом Голдманом (второй слева)
(Санкт-Петербург, Флорида, 2015 год).

Йоги Бхаджан, Мастер кундалини-йоги.

И весь мир у наших ног… (Майами, 2015 год).

С Сюзанной Орловой, первым редактором моей книги.

Эволюция
любви
Непридуманные
истории

Любовь – это стремление души к удовольствию.
Дипак Чопра

От автора

Десять лет назад в одном поволжском городе между двумя женщинами – средних лет и молодой – состоялся разговор, волнующий обеих: о любви. После непродолжительной беседы и небольших разногласий они решили вернуться к этой теме десять лет спустя, объяснив причину различия мнений разницей в жизненном опыте.

В этих небольших повествованиях – истории о любви во всевозможных её проявлениях: любви эмоциональной и физической, наполняющей жизнь смыслом и опустошающей при расставании, страсти, способной разрушить судьбу и вознести на небывалые высоты, искренней любви к родине, чистой, щемящей материнской любви, боли потери и разлуки как непременной платы за любовь и, наконец, любви, основанной на понимании собственной души и любви к душе вселенской – к Богу.

Всё вместе – это ступени в эволюционном развитии человеческих эмоций, а также своеобразный отчёт о том, что именно молодая участница разговора, состоявшегося десятилетие назад, познала об этой вечной теме – любви.

ИРИНА

В поисках любви

Рассказ в письмах с авторским комментарием

Молодая девушка, проживавшая в Америке, отсылала письма в Россию своей подруге и учителю, некой Л., которая не верила в существование любви, за исключением любви матери к своему ребёнку – чувства, автором писем к тому времени ещё не познанного. Прелесть всего нижеописанного именно в реальности, поэтому я позволила себе не исправлять художественного стиля. Каждое новое письмо несёт в себе несколько строчек новой влюблённости.

В детстве автор писем прочитала немало книг о любви и была, несомненно, особой романтической, с духом авантюризма, так свойственного приключенческим романам. Смыслом её жизни в то время был поиск настоящей любви. Наверное, ей не хватало этого в детстве, зато было достаточно храбрости, чтобы найти или хотя бы попытаться найти то, чем была обделена. В начале своего пути она искала любовь во взаимоотношениях между мужчиной и женщиной. Со временем этот спектр значительно расширился и стал включать религию, поэзию, науку и т.д.

Приводя отрывки из писем в хронологическом порядке, я опускаю места, в которых говорилось о профессиональных успехах, привожу лишь короткие описания личных взаимоотношений, сопровождающиеся описанием американского быта.

Девушка действительно искала любовь – не деньги, не славу, не успех, не физическое наслаждение. Поиски её были бескорыстны и не бесплодны. Они позволили приблизиться к мудрости: нет смысла искать во внешнем мире то, что скрыто внутри тебя. Источником любви стало её собственное сердце.

Дорогая Л.

С удовольствием спешу сообщить, что наконец-то я встретила свою любовь. Он родился в британском Кардиффе (кстати, в одном городе с голливудской звездой Кэтрин Зетой-Джонс).

В нём всё прекрасно. Божественное тело, как у Аполлона, очень красивые голубые глаза, правильные черты лица, чистая душа.

Мы почти не разговариваем из-за моего незнания английского, но от этого наше общение почти не страдает. Встречаемся на выходных в лесу, где расположен наш лагерь. Палатки, костёр, нетронутая красота калифорнийского леса из красных деревьев. Среди этих огромных тысячелетних секвой ты как бы соприкасаешься с вечностью.

Когда мы ходим вдоль горной речки в полуобна-
жённом виде – ни одного человека вблизи, лишь пер-
возданная красота природы, – это напоминает историю Адама и Евы. Мы никогда не говорим о любви,
но я полна чувств и чувственности, как любимые
Вами героини Джейн Остин. За мои двадцать три
года такое со мной случается впервые и, быть может,
не повторится никогда.

Мой возлюбленный настолько прекрасен, что я
не надеялась на взаимность, но на днях поняла: его
сердце откликнулось – каждый день он играет Рахма-
нинова на стареньком пианино, что стоит в огромной
лагерной столовой. Когда он играет, мне кажется, в
этой музыке и есть выражение его чувств. Никогда не
слышала музыки прекраснее. Через месяц мы должны
расстаться. Он уезжает в Лондон учиться на физиоте-
рапевта, а я остаюсь в Калифорнии…

Здравствуйте, моя дорогая Л.

Прошло почти полгода. Пишу Вам с нового
места, где я обрела душевный покой и надеюсь сохранить его. Уже давно я уехала из лагеря, распро-
щавшись со своей жизнью там и со своей первой настоящей любовью. Именно благодаря ей я смогла
обустроиться в чужой для меня стране, где разгова-
ривают на непонятном для меня языке. Любовь стала
источником моего вдохновения и жизненных сил.

За этот неполный год здесь, в городе, я повстре-
чала человека, который хотел, чтобы я стала его спутницей жизни. Но последние месяцы были невероятно

трудны, я была близка к духовной сломленности, от которой потом не оправляются всю жизнь. В одном из последних писем я сообщала, что выйду замуж, но наши взаимоотношения резко были прерваны. Я нарушила правила «не сотвори себе кумира», «не верь, не бойся, не проси» и сконцентрировала на одном человеке всю свою потребность в любви и человеческом тепле. В итоге после его потери оказалась на грани духовной смерти. На всё воля Божья. Я была слепа, и мой мир, богатый и красочный, сузился до размеров ореховой скорлупы.

Сейчас этот человек в Нью-Йорке, проходит резидентуру по хирургии. Мы повстречались в мае, и когда я назвала своё имя, он долго и многозначительно смотрел на меня. Оказалось, я была тёзкой его первой, любимой жены. Вот уже два года, как они были в разлуке, но совместно воспитывали сына. Во мне он увидел своё спасение, однако полюбил не меня, а свою возможность начать жить сначала. Любил напористо, проявлял заботу, порой не обращая внимания на то, что я нуждаюсь совсем в другом. Часто рассказывал мне про свою жену, не замечая ноток тоски в своём голосе… «С любимыми не расставайтесь», – повторял он, вероятно имея в виду разлуку со своей женой.

Подарил машину, потом так же легко попросил отдать. Увидев сопротивление его напору в любви, внезапно исчез из моей жизни. Наверное, я никак не соответствовала его представлениям о любви – любви его эго, а не душевному влечению…

Дорогая Л.

Давно Вам не писала. Я сейчас живу в изумительном месте: маленький городок на берегу океана. Дом расположен на холме, и с веранды открывается вид на город и кусочек океана. Я снимаю комнату с собственной ванной в большой квартире с камином. Квартира принадлежит пожилой паре – трудолюбивым, умным, жизнерадостным людям. Они для меня как семья, и я чувствую, что опять любима Богом.

В личной жизни тоже перемены. Мой поклонник сто процентов индийских кровей, с хваткой американского бизнесмена и с далёкими отголосками предков страны, где была рождена философия камасутры. Я познакомилась с ним во время прогулки по берегу океана. Человек из благороднейшего семейства. С друзьями его семьи я познакомилась на дне рождения его годовалого племянника. Это люди, по своему достатку намного превосходящие уровень среднего американца.

Вот седой невзрачный индиец разговаривает спокойным тоном, в итоге выясняется, что это миллиардер, инвестирующий деньги в компьютерную компанию тестя моего друга. Милая жизнерадостная семейная пара. Их семейный бизнес – торговля бриллиантами. Русская ухоженная блондинка, друг семьи, её бизнес – торговля икрой. Бывший одноклассник одного из членов семьи занимается производством брит в Индии и торговлей специями. Большинство денег вложено в недвижимость, основной бизнес – компьютерный, основные ценности – семейные.

На день рождения я явилась в декольтированном платье, на высоких каблуках. Смогла вести непринуждённые беседы с чувством юмора и со вкусом к жизни. Это было несложно, потому что о финансовых возможностях и деловом размахе этих людей я узнала на следующий день. Внешне они не выглядели кричаще преуспевающими.

Мне, кажется, повезло с личностными качествами моего избранника, основная его черта – здравый смысл и чёткие принципы. Объехал шестьдесят стран мира, профессионал. Владелец недвижимости на Лонг-Айленде. Его девиз: «В моём мире нет ограничений, только решения». Немного зависим от семьи, но это пока его единственный недостаток. Русская женщина была выбрана им совершенно неслучайно, а из соображений того же здравого смысла: для русских культ семьи так же важен, как и для индийцев. Индия – изумительная страна. Вы были правы. Философия, религия – всё это так близко мне. Мечтаю поехать и общаться с людьми, живущими этой философией, а не продающими её. Изучаю культуру страны…

Доброе утро, моя дорогая Л.
Сейчас пять утра, я пишу Вам письмо, а в соседней комнате спит храпящее существо. Мои попытки выстраивать жизнь, опираясь исключительно на здравый смысл, чуть не закончились потерей чувства юмора. Уф!.. Храпящее существо – это тот преуспевающий бизнесмен из Индии. Такое разочарование…

В общем, как видите, на компромиссы из-за социальных моментов не иду. Я живу страстями, чувствами, он же не способен меня вдохновить даже на обожание. Раздражение скрываю благодаря хорошему воспитанию.

У меня потребность больше общаться с европейцами. Учу итальянский язык. Особенно итальянцы сводят меня с ума…

Дорогая Л.

Вы помните, я писала Вам об Италии? У меня роман с молодым итальянцем, младшим сыном одной из пяти семей, составляющих *la mafia* на Сицилии.

Он не открывает своего имени и постоянно прячется от репортёров. Все переговоры, включая назначение свиданий, ведутся его кузенами – они же сопровождают его в качестве телохранителей. Он немного моложе меня, но это не имеет никакого значения, потому что задатки сильного мужчины воспитываются в раннем возрасте.

Мы познакомились в клубе. Я танцевала, а он, заметив меня, попросил одного из сопровождавших его лиц пригласить меня к их столу и предложил выпить. Мы просто сидели рядом и касались рук друг друга. На мою просьбу «Будьте джентльменом, передайте этот фужер» он ответил: «Джентльмены в Англии, а я из Сицилии». Перед уходом мы обменялись адресами электронной почты. На следующий день он прислал мне письмо, написанное с помощью переводчика: «Здравствуйте. Вы помните меня? В прошлую пятницу мы познакомились в клубе. Мне было приятно познакомиться с Вами.

Мне двадцать два года, я сын одной из самых значительных семей на Сицилии. Поэтому, как Вы понимаете, назвать своего настоящего имени не могу. У нас трудные для понимания правила, мы должны заботиться о семейном бизнесе, и однажды я тоже стану боссом и должен буду заботиться о многих вещах…

Я знаю, это трудно понять, ведь, полагаю, это что-то новое для Вас.

Но вчера – не знаю, что произошло со мной, – я почувствовал нечто особенное, я не знаю, что это было, но это было непонятно для меня. Мне хотелось многое Вам сказать, но я не смог. Не знаю, что станет с нами в будущем. Может, Вы откажетесь от наших отношений, но мне хочется сказать Вам, что я запомнил Вас.

Я останусь в Калифорнии на пять месяцев по делам бизнеса, но не смогу с Вами больше встретиться, это очень сложно для меня».

Конечно, моя душа дрогнула от такого проявления чувств и необычности всей ситуации. Несколько дней спустя, почти ночью, раздался звонок: «Мы хотим подтвердить ваше согласие на свидание с Марио». Это звонили его кузены-телохранители.

Я пригласила его на романтический ужин и приготовила итальянские блюда (часть которых купила в ближайшем ресторане). Безобидный ужин у меня в гостях, в комнате с видом на океан. После ужина мы катались на теплоходе, потом попрощались. Позже позвонили братья и сообщили: «Марио счастлив, спасибо». Вот так…

В остальном в жизни всё прекрасно, только гордость никогда не позволит мне признаться себе, что у меня почти совсем нет денег, даже на самое необходимое. Да уж, воистину «И низких истин нам дороже нас возвышающий обман»…

Здравствуйте, замечательная Л.

Не писала Вам достаточно давно. Много воды утекло с тех пор (я бы сказала: какие воды – водопады, фонтаны, заливы, африканские реки с крокодилами!).

Помните «Песнь Песней»? Приумножая познания, я приумножаю скорбь. Но если вы внимательно читали «Песнь Песней», то знаете, что Соломон, умудрённый и разочарованный жизнью, влюбляется в юную красавицу Суламифь. И есть там такая фраза: «Любовь, что дороже всех сокровищ мира». Я всё ещё считаю, что миром движет в мирное время любовь и красота, а в беспокойное время – добродетель человеческая.

Несмотря на все мои старания оставить душу летать в облаках, жизненный опыт достаточно жестокими уроками показал мне, что легковесность души и её окрылённость находятся в прямой зависимости от того, как прочно ноги стоят на земле.

Мои взаимоотношения с итальянцем остались платонически романтическими. Он получил разрешение семьи на продление своего визита в Америку и обучение в университете, но его семья настоятельно напомнила ему, что он помолвлен и его ожидает невеста (обычный в этих случаях брак между мафиозными кланами с нелюбимой девушкой). Мой друг был готов не покориться воле отца, но моё сердце к тому времени было уже несвободно.

Мне кажется, что мои три года пребывания здесь вылились в ярчайшие взаимоотношения, но об этом отдельный рассказ.

Пасху буду праздновать в Нью-Йорке…

Милая Л.

Как отметили Пасху? Воскресение Христово принесло некоторое воскрешение и в мою жизнь.

Я чувствовала усталость от бесконечной борьбы за выживание, и, перед тем как зародилась любовь к С., появилась надежда, а затем и вера в возможность обретения покоя и защищённости в доме С.

Дом С. - это огромное жилище, где совмещаются роскошь удобства богатого человека и захламлённость холостяка. С. гораздо старше меня и уже достиг всего, о чём мечтает настоящий мужчина: посаженное дерево, построенный дом, рождённый сын.

Деревьев было высажено почти три тысячи, и они превратились в огромную апельсиновую плантацию, сын вырос и превратился в избалованного подростка с добрым сердцем и беспечным умом.

Дом С. - это дом с двадцатилетней историей: взрослеющие дочери голливудской красоты от первого брака, второй брак, длившийся пять лет с независимой умной американкой, беременность третьей гражданской жены с весьма сомнительным прошлым профессионального игрока в бридж, взрослеющий сын.

В общем, дом с человеческой драмой, рассказывающей о себе с каждой фотографии и картины. При виде улыбающегося на фото С. моё сердце сжималось от осознания той густоты эмоций, следствием которой явились морщинки на его лице.

Моё нехитрое имущество я аккуратно уложила в две сумки, с ними и въехала в дом С. В этих сумках с фотографий смотрели на меня глаза моих близких, родных. Ещё там были книги и незатейливые светские наряды. Это всё, что я могла противопоставить прошлому С., его апельсиновой плантации, коллекции антикварных машин, офису с видом на океан, прекрасному дому в Европе, недвижимости в Америке и солидному стабильному ежегодному доходу, удовлетворяющему честолюбие кровей его предков.

С. был человеком вполне земным, и результатом его приземлённости стали чрезмерная осторожность и недоверие – не конкретно ко мне, а к представителям женского пола в целом. Расслаблялся он только в минуты необыкновенной интимной близости, когда гармонично сливались душа, тело и дух. Поздним вечером я услышала шёпот: «Я буду любить тебя всегда и хочу удержать тебя, чего бы мне это ни стоило. Я даже не предполагал, что могу любить так глубоко».

А я… я уже не верила признаниям на постельном

ложе, так как заметила пробуждающееся желание
мужчин бросить всё к ногам возлюбленной в минуты интимной близости и не была уверена, стоит ли их
принимать на счёт собственных женских достоинств.

Здравствуйте, дорогая подруга.

Не было возможности написать о своей поездке,
но это и невозможно описать.

Вообразите время, атмосферу и стиль «Великого Гэтсби» Фицджеральда. Элегантность, беззабот-
ность, классический стиль во взаимоотношениях – с
той лишь разницей, что происходит всё в наше время
в Калифорнии. Изысканное общество, отдыхающее
летом (или живущее постоянно) на большом озере
Clear Lake. В гости друг к другу соседки отправляются на моторной лодке в элегантно наброшенной ши-
фоновой блузке поверх купального костюма.

День начинается с коктейльного напитка. Каждый дом (за выходные мы побывали в трёх из них)
стоит не меньше нескольких миллионов долларов.
Мужчины изящно принимают гостей за стойкой собственного бара, женщины (всю жизнь знавшие одну
профессию – домохозяйки), заправляя утром по-
стель, ставят на покрывало элегантный столик-под-
нос с книгами и журналами, что означает «день начался». В общем, тот самый *high-class* американского
общества – немногочисленная категория людей,
живущих по своим правилам и законам. С. и я были
представлены (впрочем, представлена была только я)
этому обществу и приняты им.

Суббота, вечер. На моторной лодке отправляемся в дом-усадьбу с фонтаном. Хозяйка дома когда-то ходила в школу с младшим братом С. Мы – пара, уже сама по себе вызывающая интерес: зрелого возраста преуспевающий доктор и молодая, с загорелыми ногами женщина, родившаяся и воспитанная в России, влюблённые друг в друга. Всей компанией отправляемся на день рождения: дом располагается на горе, и мы элегантно меняем лодки на машины для игры в гольф.

Гостей пятьдесят-шестьдесят, именинник – добродушный господин с улыбающимися глазами (на вопрос, какие пожелания он хотел бы получить, скромно отвечает: у меня всё есть). Его жена – сильная, немного грузная светская львица. С площадки дома открывается потрясающий вид на горы и озеро.

Моё появление вызывает живой интерес: по всей видимости, я самая молодая на этом празднике жизни. Но дело даже не в молодости, а в заразительной атмосфере праздности.

Наряды – в хорошем американском качестве и соответствующем вкусе. То, что называется casual: мужчины почти все в шортах, женщины – в брюках. Танцы – рок-н-ролл пятидесятых. Танцую от души, за что получаю комплименты, самый приятный из которых: *You deserved all the best.* (Ты заслуживаешь всего самого лучшего.)

В освещённом гараже элегантно выставлен антикварный автомобиль стоимостью в десятки тысяч долларов.

Как замечательно быть молодой и беззаботной, даже если твоя ежедневная жизнь далеко не радужна. С. в порыве чувств проявляет желание купить дом где-нибудь поблизости в качестве летней резиденции (в Европе он построил дом по собственному проекту с бассейном, семью ванными комнатами, но это слишком далеко, чтобы проводить там выходные).

На следующий день мы отправляемся в дом, вероятно, самых состоятельных людей этого общества. Миллионный дом с многомиллионным содержимым. Надо отдать должное хозяевам – разносторонне развитые люди, не снобы, ведущие активный социальный образ жизни. Нас встречает хозяйка в декольтированном красном купальнике и длинной чёрной элегантной юбке. Рядом бегают такие же породистые щенки (чемпионы Канады). Богатство было передано по наследству. Семья сделала состояние на мясном и аграрном бизнесе.

Входим в дом. Хозяйка после нескольких коктейлей показывает дом, впрочем больше похожий на музей, но это мир, в котором они живут. Мир благоустроенной роскоши. Столовая с красивыми свадебными фотографиями дочерей. Зал, оформленный в китайском стиле. Мраморные ванные с цветным стеклом. В гардеробной хозяйки на стенах портреты прабабушек, в рамках документы двухсотлетней давности, на манекенах антикварные платья, оригиналы. Хозяйка дома невзначай сообщает, что оформление комнаты не закончено, это будет её зимним проектом.

Спальня хозяев имеет выход на террасу с изумительным видом и огромными ванными комнатами, сауной, одна из ванн-джакузи переоборудована в зимний сад.

После экскурсии по дому начинается праздник – 4 июля, День независимости Америки, так любимый всеми американцами, с обязательным в этот день фейерверком.

Дорогая Л.

Три года я находилась рядом с С., и мои последние письма были необычно длинны.

В своих попытках соответствовать стилю жизни С. я пыталась сделать невозможное. Укротив свой темперамент, я утратила талант видеть, что происходит вокруг глазами удивлённой девочки. Стали меняться вкусы (и вкус к жизни тоже). Моя душа нуждается в обладании всем миром, а С. хотел обладать всей моей душой, что означало бы рабство, а этого я допустить не могла. Всё закончилось расставанием. Скоро увидимся. Я возвращаюсь в Россию.

Дорогая Л.

Уже два года, как я не писала Вам. Это было время потерь и приобретений. Разные дороги судеб разъединили меня с моей большой любовью.

За это время я переехала в другой город, поменяла профессию, изменился мой социальный статус и чрезвычайно изменился мой внутренний мир (надеюсь, что в лучшую сторону). Я многое поняла, но об этом ниже.

Прошло время. Как говорится, природа не терпит пустоты – моя уж точно. В очередной раз сижу и жду звонка... от американского пластического хирурга итальянских кровей, разведённого отца двоих детей. Невысокого роста, но невероятно харизматичного. Да и вообще, Вы только подумайте: хирург, да ещё делающий пластические операции! Ну, просто первый после Бога.

Всё было так замечательно, но вот уже целую неделю я жду звонка. Сама не звоню принципиально: хочется, чтобы мужчина проявил инициативу и элементарное чувство порядочности. Уже даже заготовила речь. Он звонит, а я ему:

– Ты живой (он немного приболел, если верить смс). Спасибо, Бог. Я молилась, молилась: «Боже, пожалуйста, не дай ему умереть. Не сейчас. Немного позже. Позволь ему жить ещё сто лет, и пятьдесят из них мы с ним будем любить друг друга».

Прошла неделя без звонков, но я всё ещё их ждала. Я поняла, что готова сделать всё для того, чтобы найти свою настоящую любовь. Готова была, если понадобится, выглядеть как картинка в журнале или... достать звезду с неба. Хотя в Лос-Анджелесе с земными звёздами всё было в порядке. Одна из них недавно зашла в наш салон спа – герой очень любимой мною «Одиссеи» Андрона Кончаловского. Он же Наполеон из «Наполеона и Жозефины».

– Кто это – Одиссей из фильма Кончаловского? – спросила я.

– Да нет, это Арманд Асанте (это напомнило мне историю, когда, будучи подростком, я пришла в дом наших друзей и, указав на книгу «Декамерон», спросила: «Ну как, хорошо пишет?», имея в виду Декамерона, конечно, а не Боккаччо).

Ну, я-то знала, что Арманд Асанте и есть земное воплощение Одиссея и Наполеона! Господи, что делать? Рабочий день подходит к концу. В нашем спа сегодня и мужчины, и женщины – в сауну и бассейн допускаются все. Ну что ж, остаётся только найти купальник. Купальника нет, и я оборачиваюсь полотенцем и … захожу в сауну, где парится Арманд Асанте.

– Я вам не помешаю? – спрашиваю с замиранием сердца, вдруг мой герой окажется злым или недоброжелательным.

– Нет-нет, проходите. (Можно вздохнуть спокойно: он нормальный парень.)

– А у нас в России бани лучше.

– Да?

Ну и началось… разговорились. Конечно, до свидания дело не дошло, говорили о России, Казахстане, Украине. А всё из-за предательски обёрнутого полотенца вместо купальника, эффектно подчёркивающего формы. При этом он, как настоящий партизан, не признался, что актёр, а я и словом не выдала, что знаю его, делая вид, что разговариваю с обычным посетителем. Вот так: звёзды приходят и уходят, а пластический хирург всё не звонит… Очень грустно.

Дорогая Л.

Вспоминаю те дни, когда Вы пытались избавить меня от иллюзий.

Мы повстречались в сложное для меня время. С Вами меня познакомил мой друг, которого Вы лечили от наркотической зависимости от опия. Я не была Вашей пациенткой, но, как настоящий врач-психотерапевт, Вы пытались вытащить меня из мира моих иллюзий в мир реальности. Я сопротивлялась, потому что в реальном мире было больно. У меня не было достаточно толстой кожи, чтобы жить в созданном не мной мире. Вы мне предложили другую реальность – Америку. Точнее, подсказали, где можно узнать о том, как попасть в Америку. Всё остальное я сделала сама. Так началась моя новая жизнь. Так закончилась Ваша работа психотерапевта и началась наша женская дружба.

Из моих писем Вы ещё можете понять, что много раз мне приходилось уходить в придуманный мир и залечивать раны, которые причиняла мне реальность. Но мне кажется, многие вещи, не понятые мной когда-то, я понимаю сейчас. Послушайте.

В детстве я так мало понимала себя и так немного знала о своей душе, что почти не ценила себя, пытаясь заслужить любовь мужчины, отдав ему своё тело. Когда я это поняла – ужаснулась, но осуждать себя было бесполезно. За что осуждать? За то, что мне так жутко не повезло с моим первым опытом? За то, что искренне, глубоко, без сомнений верила во всё прочитанное в книгах о любви? За то, что никто мне не объяснил, что в романах и в кино сильные люди создают то, чего им не хватает в жизни, но это совсем не настоящая жизнь? Кто мне это объяснил? И почему я должна осуждать себя, так по-доброму прощая и принимая недостатки других людей?

Пишу это письмо в минуты отнюдь не эмоционального подъёма. В чём-то Вы были правы, дорогая Л. Той любви, к которой я стремилась всю жизнь, не существует. Но путь к ней настолько ярок и красочен, что сам по себе становится вознаграждением за утраченные иллюзии.

Помните Элли из «Волшебника Изумрудного города»? Попав в волшебную страну, она собралась на поиск Волшебника, который может отправить её обратно домой. Но когда, преодолев многие сложности и испытания, она нашла Волшебника, оказалось, что он обыкновенный человек, скрывающийся за образом Волшебника – великого и ужасного. В момент, когда всё это раскрылось, недоразумение уже не имело никакого значения, потому что по пути к Волшебнику с Элли случилось столько захватывающих приключений, какие бы никогда не смогли произойти в её жизни. Так и моя жизненная история – это история путешествия Элли к Волшебнику. У Волшебника не оказывается любви, но любовь уже живёт в моём сердце, и своим сердцем я зажгла любовь в сердцах других людей.

Я помню, как десять лет назад перед моим отъездом в Америку я уверяла Вас в существовании любви и Вы мне сказали:

— Давай вернёмся к этому разговору, когда ты станешь старше.

Я была тогда уверена, что никогда не перестану верить в любовь. Теперь я понимаю, что это была иллюзия, но она приносила свет в мою жизнь. У меня *никогда* бы не было такой жизни, если бы я тогда поверила Вам, что любви не существует...

Калифорния,
1999 – 2004

МАРГАРИТА
Сад Эдема

Любовь – это познание себя самого через другого человека.
Игорь Кон

В «позавчера» Маргариты лежала драма предательства и измены.

Её «вчера» было переходом через ту грань, что
отделяла невинную юность от молодости, со стёрты-
ми рамками морали, но не утраченной честью.

В своём «сегодня» она работает в стриптиз-клу-
бе.

Маргарита сама поведала мне свою историю.
Опустив малозначимые детали, я постаралась рассказать историю девушки, работающей в стриптиз-клу-
бе под названием «Сад Эдема».

Маргарита питалась любовью, как бабочка цве-
точным нектаром. Любовь была для неё целью и сред-
ством достижения цели. Душа её оказалась соткана из
легко воспламеняющегося материала, и, когда после
пламени (как правило, пламени любви) оставалась
горстка пепла, она, как птица Феникс, возрождалась.

В её душе уживались умная, образованная женщина с весьма консервативными представлениями о семье, стремящаяся к построению карьеры, и женщина, не воспринимающая никаких ограничений и игнорирующая общепринятые рамки, желающая познать весь мир с аппетитом молодой волчицы. Смысл жизни для неё заключался в самом процессе, а человеческая природа представлялась носителем четырёх стихий, которые входят в контакт с окружающим миром и, как в окошке калейдоскопа, выстраиваются в разноцветные картинки.

Начиналось утро нового дня. Очередное утро, когда сначала просыпается пережитое вчера, затем пробуждается совесть, что, пробираясь через калечащую собственную систему самооценки, превращается в совестливость и трусость.

Всё это были уродливые отклики ещё не установившегося баланса между сегодня, вчера и позавчера.

Позавчера.

Маргарита: «Мне хочется, чтобы мы поговорили о наших с тобой отношениях».

Он: «Мне не о чем с тобой говорить. Я считаю, что наши отношения – бесполезная трата времени и денег».

Эти слова сопровождаются духовной смертью: замкнутостью и агрессией. Бессмысленностью прошлого и обесцениванием будущего.

Вчера.

Сцена. Танец. Красивое тело и осознание этой красоты. Вызов обезжизненной душе и противоречивым обстоятельствам.

Сегодня.

Небольшой танцевальный клуб при естественном свете выглядит тускло и второсортно. Запах вчерашнего дыма сигарет и сырости. Вечерний свет и полумрак превращают безвкусные изображения женщин в приятные глазу картины в стиле парижского Мулен Руж. (Не чувство вкуса ли это – соответствие времени и ситуации?)

Барная стойка при входе, сцена, стулья рядом со сценой. Подобие кожаного дивана в трёх шагах от диск-жокея и в четырёх – от мужского туалета.

Рамки условности и непристойности, убогости в полумраке размываются под напором вожделения, страсти, похоти... кто на что способен.

Позавчера.

Раннее утро 25 сентября. *Его* день рождения. Маргарита – счастливая и не знающая поражений – бежит в дом, чтобы первой войти в новый день, день рождения. Замкнутость предшествующей размолвки разбивается о страсть. Они вместе входят в новый день – любовниками, мужчиной и женщиной, завоевавшими друг друга ещё на один день, но уверенными в нескончаемости таких взаимоотношений.

Вчера.

25 сентября, год спустя. Маргарита – наслаждающаяся властью денег и властью над мужчинами. Подобное подобным. Яд ядом. Яд в малых дозах, превращающийся в противоядие. Противоядие, превращающееся в наркотик. Агрессия, бескомпромиссность человеческой самки сменяется ненавистью, переходящей в страх от необратимости утраты того, что было бесконечно дорого позавчера. Страх, переходящий в теплоту души и любовь. Этой любви так много, что она выплёскивается на чужих для Маргариты людей – посетителей клуба – и выражается не в физическом контакте, а в её сердечности и доброте. Так она лучше узнавала мир, до сих пор ей непонятный. Мир, в который она не была принята своим любимым.

В клуб приходят со своими печалями, радостями, невысказанными чувствами и ощущениями, которые долго накапливаются в повседневной жизни, где зачастую приходится носить социальную маску приличия. Тут же можно быть не только раскрепощённым, но и более открытым и честным. Позабыть о заботах и полностью окунуться в мир собственных фантазий – такой вожделенный и желанный.

Позавчера.

Маргарита заходит в отель, расположенный в центре города, и спрашивает набор ниток для шитья – он ей нужен, чтобы перешить свой самый красивый гарнитур нижнего белья. После получаса работы получился приличный гарнитур, удачно подчёркивающий её формы.

Этот гарнитур был *его* подарком. Выбирали вместе в маленьком магазинчике, сохранившем дух Европы: серый, выглядящий как полукорсет верх и низ с элегантным вырезом. Ему хотелось купить самый дорогой гарнитур. Щедрость была одним из главных его достоинств.

Вечером в этом переделанном гарнитуре, красиво облегающем тело, она появляется в клубе, где даже ей, не знающей, что такое зависть и конкуренция, становится не по себе.

Вчера.

Когда она первый раз пришла в клуб, её встретил темнокожий менеджер и долго объяснял правила и обязанности. Пожалуй, она была чрезмерно вежлива и корректна, чем вызвала недоумение менеджера: ему редко приходилось встречаться с хорошо образованными и деликатными девушками, которых нужда приводила на заработки в клуб.

Их разговор был прерван внезапным появлением немолодого темнокожего мужчины, трогательно протянувшего мягкую игрушку и цветок. «*Is Patra here? This is for her*». (Здесь ли Патра? Это для неё.) Так Маргарита поняла, что мужчины приносят сюда своё тепло, ласку – осознанно или нет, – желая получить это же взамен.

Патра была темнокожей танцовщицей, с грацией пантеры и пластикой от Бога. Её имя – укороченное от Клеопатры. Много лет она занималась хореографией. На сцене – как ураган: колышется, извивается; полупрыжками, пружинистыми движениями пересекает сцену. Оторвать взгляд от неё невозможно. В жизни достаточно амбициозна, учится в университете на дизайнера одежды. Чувствует себя хозяйкой в клубе и так же по-хозяйски гостеприимна для посетителей – забредших случайно или нет.

Другой долгожительницей клуба была Мелиса, работавшая здесь уже несколько лет. К ней-то и решила обратиться Маргарита за советом после своего первого выступления на сцене.

– *Melicia, please could you give me some advice? This is the first one for me.* (Мелиса, ты не могла бы дать мне несколько советов? Это мой первый выход.)

– *Try to be as sexy as possible. You did much better than other whom I had seen. You are doing all right.* (Будь как можно более сексуальной. У тебя получается гораздо лучше, чем у большинства девушек, которых я видела. У тебя всё получается хорошо.)

Спокойное покровительство в голосе. Но через несколько дней реакция меняется на более нейтральную, что показалось Маргарите признаком личных успехов – её расценивают как конкурентку. Мелиса – обладательница более округлых форм, чем обычно бывает у танцовщиц, небольшого роста, с искусственной грудью, маской равнодушия на лице. На сцене, благодаря профессиональной пластике и опыту, она превращается в сексуально привлекательную, грациозную, женственную. Она мать двоих детей-подростков. При свете в раздевалке на лице видна печать обременённости бытом, просматриваются растяжки на животе и малозаметная тревога во взгляде на тела нерожавших девушек. Это была нелёгкая работа для неё, но вполне привычная: она танцевала уже несколько лет.

Прошло время, и Маргарита поняла, что хороший танец – это эротика в движениях, сексуальность и собранность. Эстетики в танце не всегда достаточно, чтобы чувствовать контакт с мужчинами, сидящими рядом со сценой. Они все равны: социальный статус, количество денег и детей не имеет никакого значения. В этот момент они – самцы, а она – самка, желанная и вожделенная. Желание – это эротика, вожделение – оптический обман, имитация сексуального акта, одно из необходимых компонентов танца на сцене.

Контакт чувствуется физически, энергетически, и эти взаимные флюиды – истинное наслаждение. Мужчина в твоей власти, во власти красоты твоего тела и под властью своего желания. Сексуальный инстинкт в этот момент становится сильнее инстинкта самосохранения.

Позавчера.

Тогда содержанием и смыслом взаимоотношений Маргариты с *ним* была огромная потребность в любви. Сегодня эта потребность не удолетворялась, и мир воспринимался Маргаритой агрессивно, тревожно, бессмысленно.

Вчера.

После измены, предательства и последующей разлуки Маргарита не захотела жить как улитка и, выбравшись из своей раковины, оказалась в не совсем обычной атмосфере танцевального клуба, что было вызовом самой себе и сложившимся обстоятельствам.

Когда-то давно она даже во сне не могла представить себя танцующей на сцене стриптиз-клуба. Мир, в котором она жила, был так далёк от того, в котором она находилась ныне. Но именно сегодняшний мир давал ей настоящую свободу от мира мужчин, ведь здесь была хозяйкой она, а не они, как некогда в её реальной жизни.

Сегодня.

Раздевалка перед выходом на сцену. Чувство юмора исчезает после быстрого взгляда на комнату, где на территории пяти квадратных метров танцовщицы с помощью косметики и других атрибутов приводят себя в порядок. У некоторых взгляд – отстранённый, ушедший в себя, иногда агрессивный. Как у спортсменов, ведь многим девочкам приходится собираться с силами, перед тем как подготовиться к выступлению.

Маргарита не в духе. В глубине души ей кажется уже понятной бессмысленность того существования, которое она ведёт.

Подходило время её выхода на сцену. Надев голубую полупрозрачную накидку, отороченную лебяжьим пухом и высокие каблуки, она вышла, плавно покачивая бёдрами, на сцену. Начав свой танец, как обычно, спиной к зрителям, она почувствовала степень возбуждения публики и, повернувшись в плавном танце лицом к мужчинам, замерла от неожиданности: *он* сидел рядом со сценой, мирно потягивая пиво из высокого бокала. Минутой позже Маргарита заметила смятение на его лице, сменившееся удивлением. Убежать со сцены было невозможно, и всё, что оставалось делать, это продолжить танец с невозмутимым выражением лица. После окончания музыки высокий брюнет наклонился к Маргарите:

— Малышка, не хочешь потанцевать со мной наедине?

Через минуту брюнет был отодвинут в сторону достаточно резким движением.

— Что ты здесь делаешь, как ты сюда попала? — воскликнул *он*. — Я вытащу тебя отсюда, собирайся.

Маргарита была растеряна, смущена и обрадована одновременно. Боль перенесённой обиды ещё давала знать о себе тревогой о возможности новой раны, но радость встречи была намного сильней. В такси по дороге домой он покрывал её лицо поцелуями.

Когда они остались в комнате наедине, она почувствовала дрожь во всём теле — непреодолимая нега наслаждения от ощущения любимого тела рядом смела все преграды между ними. Поцелуй был страстным и долгим. Ей хорошо запомнились его руки, заламывающие её тело, и наслаждение от этого.

Пришлось перенести одеяло с кровати на пол, чтобы не потревожить соседей. Объятия и скольжение его интимных мест по её возбуждали и так до крайности обострённую чувственность. Лёгкое прикосновение губ к соску, лёгкое касание груди – и… вдох наслаждения. Он вошёл в неё и почти сразу разразился криком, похожим на крик животного, дикого животного. Затем обессиленно упал на её тело.

Она взяла его за голову и погладила, как ребёнка, в приступе накатившей нежности. Это была нежность Евы до того, как она надкусила яблоко с запретного дерева, нежность, совсем несравнимая с той страстью, которой делились девушки друг с другом в клубе под названием «Сад Эдема». Минута этой нежности значила для Маргариты больше, чем всё время и все деньги, полученные там. Теперь она наконец поняла истинное значение библейского сада Эдема.

Сан-Франциско – Лос-Анджелес,
2003

НАТАЛЬЯ

Сезоны любви

Н аталья и Саид познакомились при весьма романтических обстоятельствах – на Олимпийских играх в Греции. В Афины Наталья привезла с собой российский флаг, который купила на родине будущего олимпийского чемпиона Гайдарбека Гайдарбекова – в Дагестане. В Грецию она прилетела с частным визитом из Сан-Франциско. Имея на руках билет на один из первых боёв Гайдарбекова, захотела во что бы то ни стало передать ему этот флаг в надежде на то, что напоминание о родине поможет ему отлично выступить. Между тем, знала она только имя тренера Гайдарбекова, и надо было найти возможность с ним встретиться.

После боя она подошла к месту, где располагались судьи, и тут увидела мужчину из российской делегации, уверенно направлявшегося в эту сторону. Остановив его, она объяснила ситуацию и попросила передать флаг тренеру Гайдарбекова. Он согласился. Этим человеком был Саид. В то время он занимал высокий пост и возглавлял организацию, с которой приехал будущий олимпийский чемпион. Короткий разговор – и только, но какой значимой стала эта встреча для Натальи и Саида, как повернула их судьбу – разве они могли знать…

Знакомый тренер олимпийской сборной по боксу предложил Наталье прийти на следующий бой российского спортсмена. Она с радостью согласилась и совершенно случайно оказалась в мужском окружении спортсменов, чиновников, олигархов и политических деятелей. Среди них был и Саид. Они сидели рядом, но на его просьбу оставить свой телефон Наталья ответила отказом, потому что у неё телефона не было, и распрощалась с Саидом.

Предложил подвезти её на собственной машине к следующему соревнованию, борьбе, Сулейман Керимов – спонсор российских спортсменов по борьбе и боксу. Несмотря на то, что она ответила отказом на приглашение посетить виллу, в которой остановился Сулейман с группой близких ему людей, общение с Керимовым было приятным. В машине Сулейман был немногословен, но вежливо отвечал на вопросы и произвёл впечатление очень умного человека.

После окончания Олимпийских игр Наталья, пережив вместе с земляками все этапы соревнований, была заслуженно приглашена на чествование победителя на его родине. Приняв это приглашение, она подписала приговор своей судьбе – встретиться с Саидом вновь.

Ниже приведена история их любви.

Когда Наталья закрывала глаза, то мысленно переносилась в их с Саидом первую весну – сезон расцвета чувств. Она вспоминала, каким увидела его в первый раз, год назад: сочетание доброты, силы, власти, уравновешенность и мягкость, за которой скрывается волевая натура, чувство юмора, оптимизм и врождённое благородство. Настоящий мужчина. Эти качества ослепили её, закрыли глаза на имеющиеся недостатки.

Они познакомились в Афинах во время Олимпийских игр. Это были запоминающиеся, волнующие, яркие минуты олимпийской победы соотечественника. Они виделись несколько раз во время соревнований в окружении других людей. То, что она испытывала, было доверием и уважением, без какого-либо намёка на чувственность

Первый раз Наталья поняла, что влюблена – отчаянно, безумно, – когда смотрела на него и чувствовала, что готова пойти за ним куда угодно, куда бы ни забросила судьба, даже если это край света. Это случилось уже после того, как она получила приглашение посетить международные соревнования, организатором которых была компания Саида.

Ей нравилось в нём всё. Когда он касался её руки, становилось спокойно и исчезала тревога.

– Вы такой сильный…

– Это вы меня делаете таким.

А затем – взаимное магнетическое притяжение. Говорят, любовь не бывает без страсти – желания прикоснуться к желанному, раствориться в нём.

Души, нашедшие своё пристанище в телах, понимают друг друга гораздо лучше через нежность, чем через слово. Но слова любви она бы хотела слышать на его родном аварском языке, которым он говорил со своей матерью и на котором отец воспитывал в нём мужчину.

Откуда появляется страсть любви и куда исчезает – никому неведомо.

Любовь осталась в их сердцах, и расстояние в тысячи километров стояло на страже сближения. До разлуки сердце её было исполнено любви, сознание же в мечтах и воображении рисовало прелестные картины совместного быта. Но романтические желания разбились о реальность обстоятельств. Саид был женат и в силу своей порядочности не мог оставить жену, которая посвятила ему жизнь. Его собственные дочери были ненамного младше Натальи. Так заканчивалась цветущая весна её романтических мечтаний.

Для Саида оставалось загадкой, что может привлекать в нём и в его родине, такой неспокойной и непокорной, молодую русскую женщину, к тому же прожившую на Западе уже несколько лет? А она любила Дагестан всей душой, любила гостеприимство этой страны, душевную теплоту людей, разительно отличавшуюся от Америки, в которой она порой задыхалась от одиночества и разобщённости даже рядом живущих людей.

После нескольких дней, проведённых вместе, насколько это позволяли негласные культурные и религиозные законы Дагестана, последовала разлука – невозможность выразить любовь и одновременное предвкушение следующей встречи. Боль разлуки и кристаллизация любви – её сила и надёжность.

Наталья улетала из Москвы в Сан-Франциско ранним утром. Наблюдая, как она уплетает бутерброд с чёрной икрой, Саид неожиданно спросил:

– Где ты научилась так любить?

– Разве этому можно научиться? С этим рождаются.

Последнее, что ей запомнилось, это рассвет на Красной площади. Она садилась в такси с надеждой, что увидит его вновь, но понятия не имела, когда это произойдёт. Затем последовали почти ежедневные телефонные звонки.

– Доброе утро (у него).

– Добрый вечер (у неё на другом конце планеты). Ты думаешь обо мне?

– Постоянно.

– Ты будешь сильно меня любить?

– А я по-другому не могу. Или так – или никак.

В голосе у него нежность, забота и ещё какие-то многообещающие нотки. Да, у Натальи были причины надеяться на затяжную весну. Предстоял новый международный турнир. И после длительных телефонных переговоров решено: она прилетает к нему в Испанию.

Долгий, шестнадцатичасовой перелёт через океан из Сан-Франциско в Мадрид, ради возможности быть вместе несколько дней. Новая встреча.

Прикосновение как заряд электрического тока. Милые, родные глаза и ощущения лета.

Лето было в то первое утро, после двухмесячной разлуки. Наталья – летящая, свободная, как брызги ручья, неотразимая и счастливая. Саид – поющий, расслабленный, улыбающийся и нежный.

А затем – осень, зима.

Осень – после первых заморозков в душе от осознания необходимости новой разлуки.

Мечты и надежды, которые окрыляли, летят с высоты радуги и приземляются на плечи. Сердце начинает болеть. Они гуляют по солнечному Мадриду. Наталья пытается взять себя в руки, чтобы не задохнуться от мыслей о предстоящем расставании. Она должна собрать по капельке всё своё чувство любви и заменить чувством собственного достоинства, не меняя при этом выражения лица. Живя в другой стране, она так и не свыклась с необходимостью любить на расстоянии.

Тогда, после их разлуки, в её душе надолго поселились заморозки и наступила зима. И только мысль о том, что за каждой зимой следует весна, согревала её надеждой на встречу. И встреча произошла. Они увиделись в Пекине. Первые минуты свидания, самые сладкие объятия и слова, которые копились больше года.

На Кавказе говорят: лучшие слова – не сказанные. Неправда. Лучшие слова – те, что вынашивались в сердце и, как выдержанное годами вино, пьянят от ощущения радости и счастья. И наконец высказаны. Да, есть нечто особенное в словах любви. То, что наполняет душу, как ветер паруса.

Им предстояло провести десять дней вместе. Это много для тех, кто не виделся очень долго, и недостаточно много, чтобы «любовная лодка разбилась о быт». Большую часть «быта» Саид был замкнут и молчалив, точнее немногословен. Она знала, почему: на нём лежал большой груз ответственности перед семьёй, друзьями, президентом, перед самим собой, и с годами этот груз становился всё тяжелей. Только в объятьях Натальи он сбрасывал с себя сию невыносимую ношу. Ощущение свободы и яркие чувственные впечатления были особенно ценны для Саида. Наталья, понимая это, старалась быть щедрой в любви. И это был их мир – такой естественный для неё и не устающий покорять своей новизной – для него. Прежними оставались лишь слова:

– Ты такой сильный.

– Это ты делаешь меня таким.

Они вместе увидели впервые Великую Китайскую стену – грандиозную, покоряющую воображение своим величием. Наталья поднималась по ступенькам стены и, добравшись до одной высоты, знала, что это не конец пути, а всего лишь его продолжение. Так и в жизни – настоящий победитель стремится к новым высотам.

– Если мужчина не покорил Великую Китайскую стену, значит, он не настоящий мужчина, – сообщает с улыбкой экскурсовод.

Саида это не задевает. Он не покорял Китайскую стену, но при этом чувствует себя мужчиной. Не просто мужчиной, а лидером. Вечером, за кавказским столом, было достаточно одного его слова и порывистого движения, чтобы все, кто сидел за столом, одновременно поднялись и закончили трапезу.

– Настоящий успешный человек – тот, кто чувствует свой успех внутри себя, независимо от окружающих людей и обстоятельств.

Это его слова, сказанные во время застолья.

И вот они снова вместе. Наталья читает ему то, что написала для него. Он расспрашивает её о жизни.

– Я хочу, чтобы ты вышла замуж и родила сына. Мне кажется, ты сможешь его достойно воспитать. И ты будешь очень хорошей женой – у тебя есть все предпосылки для этого.

– Я буду верной женой, я не хочу изменять своему мужу.

Эти слова не оставляют их равнодушными. Его – так как он хочет быть единственным исключением из принципов Натальи, её – из-за того, что не понимает, почему Саид не может стать отцом её ребёнка.

И следующие несколько дней Саид просит Наталью не исчезать из его жизни, а Наталья пытается убедить его, что могла бы родить ему сына.

– Если мужчина любит, он всегда хочет от женщины ребёнка, иначе он не мужчина.

– Да, лапочка, но сейчас уже слишком поздно.

– Я не согласна!

– Не соглашайся, девочка.

– Я не согласна потому, что ты не представляешь, сколько положительных эмоций теряешь в жизни, лишившись этого. Я не согласна потому, что именно в этом возрасте тебе следует думать, что ты оставишь после себя. И твой сын мог бы стать источником сил и вдохновения, которые бы сделали тебя молодым.

Лишённые здравого смысла разговоры, фантазии, которые никогда не превратятся в реальность. Но именно они оказываются подлинным доказательством неповерхностных отношений. Желание большего в отношениях есть косвенное доказательство душевной привязанности, а не только физической гармонии. Внутренняя сила Саида и Натальи спасла их от ненужных конфликтов и взаимных обид. Вот почему настоящая любовь покоряется только сильным людям и живёт долго лишь в отношениях сильных людей.

Новый рабочий день приносит новые радости Саиду. Как приятно видеть его счастливым и чувствовать эмоциональное расслабление после того, как было достигнуто запланированное.

Вечером новые поздравления, и Наталья оказывается в окружении сильных, интересных, отстоявших своё место в этой жизни умных мужчин. Ей не страшно, и, кажется, её бесстрашие ещё больше возбуждает Саида. Ему нравится, что она желанна для других мужчин, но принадлежит только ему. Наталье импонирует, что только ей позволено произносить тосты там, где говорят лишь мужчины. Это была невероятная дерзость и смелость с его стороны

– позволить себе компанию женщины, когда все находились в компании собственных бокалов. Да ещё ту, что по праву рождения должна молиться другому Богу.

– Религию не выбирают – она даётся при рождении, как мать и родина, – считает он.

– По-настоящему свободный человек может и должен выбирать себе родину и храм для соединения с Богом, – считает она.

В её храме всё подчиняется законам любви, преданности высшим людским ценностям, служению добру и свободе.

Она поднимает бокал за любовь, точнее за человека, истинно понимавшего суть любви и страсти, ставившего любовь выше религии, умевшего отстоять душевную верность своей жене, не отказывая себе в физической любви на стороне. За человека, сохранившего преданность своей маленькой родине, познав славу во всём мире. За человека, который при жизни был другом Саида. За поэта Расула Гамзатова!

Вот как Гамзатов говорил о любви.

ЗАВЕЩАНИЕ ЛЮБВИ

Завещала любовь:
– Берегите меня.
Вы не в каменных душах
бестрепетных скал,
берегите меня,
как в дороге коня,

Как для песни чунгур,
как для мести кинжал.
Завещала любовь:
– Берегите меня
Не в мечети, где вас
разделяет Аллах,
Берегите меня
среди ночи и дня,
Там, где жар оставляют
уста на устах.
… … … … … … … … … … … …
Завещала любовь:
– В неоплатном долгу
Предо мной вы должны
на земле пребывать.
Как изделья свои
на гончарном кругу,
Стану вас я кружить
и в огне обжигать.

Вечером Наталья вновь в объятиях Саида.
– Ты такой сильный!
– А разве не ты делаешь меня таким?

Ей хочется ответить словами поэтессы Фазу
Алиевой.

Суламифью сидеть на коленях твоих
и, немея от счастья,
те слова, что касаются только двоих,

выводить у запястья

нежно пальцем. Потом у виска надышать,

что ты – мирра и ладан,

и как взглядом одним ты сумел рассказать

то, что вслух и не надо.

Нашептать, как хотела на ложе взойти

не Лилит – так хоть Евой,

и, скользнув по щеке, твои губы найти,

целовать неумело.

Как из тысячи жён быть хотела одной,

став невинно-беспечной.

Потянуться к тебе, вдруг поверив самой,

что вот так будет вечно.

Замереть, не дышать и коснуться лица

так немыслимо-нежно…

И уткнуться в тебя, чтоб не видеть кольца,

что ты вертишь небрежно.

И они засыпают, сказав так много друг другу без слов. Как хорошо, что поэты уже сказали то, что непросто выразить в словах нам, простым смертным.

Афины – Махачкала – Москва – Сан-Франциско
– Мадрид – Лос-Анджелес – Пекин,
2004 – 2009

ЕЛЕНА

Раскаяние

1.

Прижав к груди соседского ребёнка,
Комочек беззащитного живого тельца,
Она почувствовала, как наполнилось
Слезами её сердце.
Плач этот был всего лишь бегством
От невыраженной боли.

Той боли, что закрыла сердце
От окружающего мира
И светлую, как солнце, душу
Вмиг в грозовую тучу превратила,
Отняв живительную влагу –
В миру зовущейся любовью.

Ведь так могла и своего держать ребёнка
В объятьях,
Коль суждено б ему родиться.

2.

А боли не было предела,
И даже Бог не смог помочь бы,
Вернув всё вспять
И жизнь позволив прокрутить с того момента,
Когда и был зачат ребёнок
В порыве страсти от соприкосновенья
Желающих друг друга тел
И понимающих без слов истосковавшихся душ.

Но было, видимо, не суждено
На свет ребёнку появиться –
И вместе с правом на его рожденье
Ушла и жизненная сила,
И быть любимой – прошлая заслуга.
Остались нежные воспоминанья о любимом,
Перемежавшиеся с непониманьем:
Как в нужную минуту он не оказался рядом,
Не поддержал вновь зарождающееся чудо?

Ответил «нет» её желанью
Стать матерью,
Ссылаясь на существующие узы брака
В далёком крае, там, где он родился.

В момент принятия решенья
Их разделяли сотни километров.
Любовь к отцу ребёнка столь была сильна,
Что одного его непозволенья
Хватило ей для рокового шага.

3.

Дал силу ты нам, Боже, при рожденьи
Воплощать в реальность
Все самые свои заветные желанья.

Заветным самым для неё
Было желанье продолженья рода,
Способного восславить род её отца
И род отца её ребенка.

4.

Тогда ещё её душа не знала,
Что для рожденья
Необходимы не доход стабильный
И почва под ногами,
А вера в Бога и любовь к ребёнку.

Она не знала, что в рожденьи
Участвует природа вся:
И пенье птиц, и шум прибоя,
И тёплые слова прохожих,
И незнакомые улыбки.
Всё бы это помогало
Вновь просыпающейся жизни.

Не знала то, что материнская любовь
Может оказаться столь огромной,
Заполнив всё пространство
В доме, где растёт ребёнок
Без любви отцовской.

Когда всё это осознала –
Было поздно.
И поправить что-то невозможно…
И душу вместо материнского тепла
Заполнила глухая безнадёжность,
От мира отречённость и слепая злоба.

Но доброта, что Бог вложил ей при рожденьи,
Встала на души защиту – против злобы к миру.
Порою больше мужество необходимо
В схватке с жизнью повседневной,
Чем на полях сраженья.

И не было б победы в этой схватке,
Коль битва та
Не в доме материнском проходила:
Родной очаг помог затеплиться надежде.

Хотя и дом родной не мог вернуть
Ей волю к жизни после осознанья
Всей глубины, непоправимости ошибки.

5.

Тогда всем сердцем обратилась она к Богу,
К создателю всего живого,
И попросила:
«Господи!
Ты справедлив в своём суде.
И видишь всё,
Что для глаз людских сокрыто.

Прижизненный мне суд необходим,
Чтобы могла продолжить путь свой жизни
И выполнить своё предназначенье.
Чтоб с молодости не жила с душой старухи,
Да и что за жизнь с разбитым сердцем!
В суде Твоём на чашу для противовеса
Мной совершённою ошибки
Кладу я все те добрые поступки,
Что были мною свершены
И брошены в океан человеколюбья,
Как рыбаки бросают сети в воду.

Все те минуты и порывы бескорыстья,
Сопровождавшие меня в пути
по дальним странам,
Кладу я на весы. И искреннюю добродетель,
Дни помощи больным и старикам
И месяцы любви сердечной к людям,
Что в жизнь мою вошли из ниоткуда
И, отогревшись в доброте моей сердечной,
Ушли без предупрежденья в никуда.
Кладу в противовес моей ошибки
Года терпенья всех разлук с родными.

Я знаю, Господи,
Ты не приемлешь жертвоприношенья.
Но теперь моя душа опустошилась,
Утратив вмиг и пустоту отчаянья
От однодневного решения,
И всю копившуюся годами добродетель.

Я лишь прошу утихомирить память,
Что раздирает мою жизнь на части.

А о Твоём прощеньи
Я узнаю
По возрождающейся надежде
На новую любовь.
И ту любовь, что вознесла меня когда-то,
Я не предам и сохраню в глубинах сердца».

Россия,
2005

АНАСТАСИЯ

Письма ещё не родившемуся ребёнку

Желание написать эти письма появились у Анастасии во время отдыха.

В своей насыщенной событиями жизни она не думала о появлении ребёнка. Но сейчас, на досуге, к ней пришло ощущение того, насколько важна и ответственна материнская любовь. Ей захотелось ещё до рождения ребёнка поговорить с ним, поделиться своим опытом выживания в этом нелёгком мире, отгородить от зла, научить его доброте и честности и, главное, одарить своей нежностью и любовью.

Мой дорогой малыш! Ты ещё не родился, и я даже незнакома с твоим отцом, но уже пишу тебе. Какая огромная ответственность – принести в этот мир тебя!

Когда-нибудь, в минуты одиночества, эти письма помогут тебе, потому что это мир одиноких людей. Но пусть это не огорчает тебя: рядом с собой ты всегда будешь чувствовать мою любовь.

Прожить жизнь, невинно сохранив чистоту, совершенно невозможно в мире людей. Точнее, это возможно только в полной изоляции, на лоне природы. Но у человека другая судьба – жить среди себе подобных, ошибаться, исправлять ошибки или платить за них и помнить, что часто люди являются источником зла.

Чтобы мир тебя не озлобил, я постараюсь подготовить тебя к этой жизни.

Греция, Спарта. Июнь 2007

Мой дорогой малыш!

Возможно, годы разделяют нас, но я уверена, что придёт тот день, когда я возьму тебя на руки.

Надеюсь, когда ты родишься, я буду ещё молодой, полной сил.

Для тебя, наверное, я буду другой – не такой, какой помнят меня мои родители, мои друзья. Для тебя я буду мамой, мамочкой.

Я очень буду стараться понимать тебя и твой мир.

Мечтаю видеть, как ты будешь маленьким, затем пойдёшь в школу, повзрослеешь, станешь обращать внимание на другой пол.

Ты будешь молодеть и взрослеть, а я… Надеюсь, я тоже буду молодой, но мой возраст будет меняться. Это совсем не помешает мне думать о том, как в моём сердце умещался весь мир и всё казалось возможным… Всё, что я пережила и узнала, я храню и помню, чтобы рассказать тебе и твоим детям.

Спарта, Греция. Июнь 2007

Моё Солнышко! Я очень хочу, чтобы ты жил в гармонии с природой.

Я научу тебя разговаривать с лесом, с океаном, как со старшими друзьями, удивляться и восторгаться ими. Море может быть ласковым и нежным, океан – могущественным и неукротимым, лес – магическим и невинным. Если ты найдёшь всему этому отклик в своей душе, я смогу не тревожиться за тебя.

Если рядом не будет меня, ты всегда сможешь найти уголок природы, где можно будет не стыдиться собственных слабостей, а быть принятым и обласканным таким, какой ты есть. Моя материнская любовь будет подкрепляться благосклонностью и щедростью природы.

Июнь 2007 года. Спарта, Греция

Моё дорогое Солнышко, я не знаю, на каком языке ты будешь говорить – на русском или на английском. Но в русском языке Солнышко – не мальчик и не девочка, поэтому я могу называть тебя Солнышком – даже тогда, когда ты вырастешь.

Да, когда ты вырастешь, то в жизни, не исключено, тебе придётся столкнуться со злобой, жадностью, предательством, изменой. Они способны разрушить душу, и это невероятно тяжело, но у тебя останется оружие противостояния, которое не способен отнять никто: трезвый ум, чистые помыслы и доброе сердце.

Если ты сможешь пронести эти качества через всю свою жизнь, это поможет тебе быть счастливым и делать всегда правильный выбор. Выбор придётся делать в больших делах и бытовых мелочах. Но именно наличие выбора означает свободу для человека. Твоя свобода – это ответственность за каждый шаг в твоей жизни. Однако это не станет для тебя тяжёлым испытанием, если будешь выбирать то, что ты любишь, и тех, кого ты любишь.

Истинная свобода заключается не в чём-то внешнем – она внутри тебя.

Июнь 2007. Греция, Спарта

Здравствуй, моё дорогое Солнышко!

Мне хочется думать, что ты унаследуешь мою эмоциональность. Но скажу тебе о том, что сильнее эмоций: это сила духа. Только она может стать твоим стержнем и проводником.

В эмоциях тоже заключена большая сила, особенно в любви, но ничто не сравнится с силой духа, потому что она всеобъемлюща.

Поэтому я надеюсь, что смогу передать тебе не только свою любовь, но и духовную силу.

Июнь 2007. Греция, Спарта

Солнышко моё!

Я хочу предупредить тебя о том, что одно из очень важных качеств, которое поможет тебе достойно пройти через всю жизнь, – это любовь к себе, никакого отношения (это очень важно!) не имеющее к эгоизму.

Когда ты сам сможешь почувствовать тонкую грань между эгоизмом и любовью, уважением к себе – это и будет твой путь самопознания.

В любых жизненных ситуациях пусть заботит тебя не общественное мнение, а лишь твоя чистая совесть – собственный критерий определения системы ценностей. И во многом поможет тебе интуиция. Совесть и интуиция – проявления твоей силы духа.

Об этом не говорят в школе и даже не обсуждают с друзьями. Это невидимая часть тебя, наиболее сильная.

Помни об этом, где бы ты ни был.

Январь 2008, Лос-Анджелес

Моё дорогое Солнышко! Я хотела тебе сказать, что, когда ты найдёшь своё собственное счастье, это будет только половиной дела. Самое важное и сложное – удержать его.

Я мечтаю о тебе как о любящем, радостном, счастливом малыше, который добр ко всем. Именно таким людям сложно увидеть зло в других, потому что они судят об окружающем мире по себе.

Я постараюсь научить тебя сражаться и уметь защитить своё счастье, свою семью и свою независимость, сохранив при этом любящее сердце.

Твоя будущая мама

Лос-Анджелес,
2008

СВЕТЛАНА

Ностальгия

Могу вам рассказать только о том, как ностальгия закрадывалась в моё сердце, и о том, кто разделял моё одиночество и что помогало пережить тоску по родным местам и близким мне людям.

Мне очень повезло провести часть своей молодости среди талантливых, интересных людей в Сан-Франциско. Да и сам город вдохновлял порой на самые невероятные вещи. Я любила Сан-Франциско, и он отвечал мне взаимностью. Для меня это было живое существо, которое поддерживало меня в минуты одиночества и придавало храбрости в минуты отчаяния.

Когда у меня заканчивались жизненные силы, я через весь город ехала к океану и прогуливалась по пляжу – и все мои проблемы становились совершенно незначительными и неуместными рядом с этой величавой и неукротимой стихией. Я разговаривала с океаном, как с лучшим другом, и очень гордилась иметь такого могущественного покровителя.

Однажды я сидела в кафе рядом с океаном, и оборванный бездомный подарил мне ракушку, похожую на доллар. Мне казалось, что этот дар океана – специально для меня, и я считала себя самой богатой на земле, имея десять долларов в кармане. Рядом с океаном можно было более чётко, явственно ощутить женскую природу. Mouvante comme l'onde – подвижная, как волна, остающаяся постоянной.

Некоторые женщины – как реки, а некоторые – как бушующий океан. Я – это море, чьи волны зависят от погоды. Так и все женщины, несмотря на бытующее мнение об их непостоянстве. Надо всего лишь набраться терпения и переждать бурю, чтобы опять насладиться сверкающей гладью воды. Постоянство заключается в том, что вода никогда в течение этой жизни не станет огнём, деревом или камнем.

В минуты одиночества я выходила на улицу и разговаривала с прохожими. У людей находились добрые слова для меня – и одиночество исчезало. Когда тоска по близким и родине закрывала мне глаза на всё происходящее вокруг, я ехала в церковь и ставила свечки за всех, кого любила. Часами пропадала в публичной библиотеке, где читала Цветаеву, Оскара Уайльда, Тэффи, Ирину Одоевцеву, Гумилёва, Ахматову, Ходасевича, Нину Берберову, мемуары князя Феликса Юсупова. Смотрела балетные постановки Нижинского и Нуриева. Всё это было моим миром, созданным спонтанно из того, что меня окружало, и я была по-настоящему счастлива.

В Сан-Франциско, помимо русской библиотеки, есть кусочек настоящей Японии, Китайский город, ирландские пабы и, подобный маленькому Нью-Йорку, даунтаун, маленькая Италия и корейский город. Люди со всего мира работали, жаловались на дороговизну жизни, но всё-таки продолжали жить в этом прекрасном городе.

И всё это было моим: с жадностью, присущей молодости, я поглощала новую информацию. Так исполнялась моя большая мечта детства – путешествовать по миру, а ныне и познавать человеческую природу.

В созданном мной мире любовный треугольник «Гумилёв – Ахматова – Одоевцева» был такой же реальностью, как «Анджелина Джоли – Дженнифер Энистон – Брэд Питт». И я с головой окуналась в этот мир, стараясь убежать от щемящей тоски по родине.

Все главные герои моего сюжета о ностальгии, как и я, родились в России. Они были теми, кто помогал мне укрыться от тоски.

Я сидела в библиотеке и читала о нравах, царивших в серебряный век русской поэзии. «...Интенсивная литературная жизнь, свобода интимной жизни – так было положено в те годы, так жили все, это было необходимо для творчества поэта. Литературные вечера в "Бродячей собаке", богемные долгие ночи – вот из чего родились знаменитые строки "Все мы бражники здесь, блудницы..."», – писал А.Н. Петров в книге «Ахматова и Гумилёв».

Меня занимало то, что если пристальнее приглядеться к датам и строчкам, то за поэзией можно увидеть не только талант поэта, но и тонкие знаки судьбы, как это было в жизни Гумилёва, Ахматовой и Одоевцевой. Вот что увидела я.

В феврале 1907 года Ахматова принимает предложение Гумилёва о браке. И уже в марте печатается её первое стихотворение в русском еженедельнике «Сириус», издаваемом под редакцией Гумилёва в Париже.

> На руке его много блестящих колец –
> Покорённых им девичьих нежных сердец.
> Там ликует алмаз, и мечтает опал,
> И красивый рубин так причудливо ал.
> Но на бледной руке нет кольца моего,
> Никому никогда не отдам я его.
> Мне сковал его месяца луч золотой
> И, во сне надевая, шепнул мне с мольбой:
> «Сохрани этот дар, будь мечтою горда!»
> Я кольца не отдам никому, никогда.
>
> Март 1907 г.

В апреле 1910 года Ахматова и Гумилёв венчаются в Никольской церкви под Киевом. Ахматовой двадцать три года. Впоследствии отношения Гумилёва и Ахматовой укладываются в строку: «Сердце к сердцу не приковано, если хочешь – уходи». В жизни Гумилёва появляется Ирина Одоевцева. И многие его стихи того периода уже посвящены ей.

Нет, ничего не изменилось…
… … … … … … … … … … … … …
…Знай, друг мой гордый, друг мой нежный,
С тобою, лишь с тобой одной,
Рыжеволосой, белоснежной,
Я стал на миг самим собой.

Ты улыбнулась, дорогая,
И ты не поняла сама,
Как ты сияешь, и какая
Вокруг тебя сгустилась тьма.

1920 г.

Шёл 1921 год, осталось меньше года до расстрела Гумилёва. Вот откуда это: «сгустилась тьма». Одоевцева с трудом перенесла его гибель.

Он сказал: – Прощайте, дорогая!
… … … … … … … … … … … … …
…Господи! и вдруг мне стало ясно –
Я его не в силах разлюбить.
Мраморною стала я напрасно –
Мрамор будет дольше сердца жить.

А она уходит, напевая,
В рыжем, клетчатом пальто моём.
Я стою холодная, нагая
Под осенним ветром и дождём.

1922 г.

Гумилёв был расстрелян 25 августа 1921 года, и уже 10 сентября того же года Одоевцева вышла замуж за Георгия Иванова, талантливого поэта. Они вместе прожили тридцать семь лет за рубежом, вплоть до его кончины в 1958 году. Георгий Иванов обожал Ирину Одоевцеву и так же, как Гумилёв, воспевал её в своём творчестве:

И.О.
Отзовись, кукушечка, яблочко, змеёныш,
Веточка, царапинка, снежинка, ручеёк.
Нежности последыш, нелепости приёмыш,
Кофе-чае-сахарный потерянный паёк.

Ирина Одоевцева хранила любовь в своём сердце в течение всей жизни и в свои девяносто три года, проживая в Переделкине, всё ещё искала подтверждения значимости таланта Георгия Иванова в сравнении с Гумилёвым: «Скажите, ведь правда Георгий Иванов поэт более значительный, чем Гумилёв? Вот и я так считаю, несмотря на мученическую смерть Гумилёва, всё-таки Георгий».

Была ли Одоевцева счастлива за рубежом? Наверное – благодаря огромной своей силе воли и оптимизму: «Я открываю глаза. Нет. Я не сплю. Вздор. Я ничего не боюсь. И трижды, как заклинание, громко произношу: "Я всегда и везде буду счастлива"».

Вот другая цитата, которая не менее уместна и в наши дни: «Русские в эмиграции – и в Берлине, и в Париже – совсем не то, что в Петербурге. Я не узнаю их. И не нахожу с ними общего языка» (из книги «На берегах Невы»).

Русские за границей... Первая волна русской эмиграции, к которой принадлежали поэты серебряного века и русские аристократы, сильно отличалась от последующих. Многие эмигранты нашего времени уезжают за рубеж в поисках более благополучной жизни. Уехавшие за рубеж после октябрьского переворота покидали Россию, чтобы выжить, оставив благополучную жизнь, порой навсегда. Характерны в этом отношении мемуары Феликса Юсупова.

Князь Феликс Феликсович Юсупов, граф Сумароков-Эльстон младший (1887-1967) – родовитый аристократ, семейство которого владело колоссальным состоянием. После большевистской революции князь счастливо избежал смерти и около полувека провёл в изгнании, почти полностью лишившись своего состояния. Глубочайшая вера понадобилась ему, чтобы не усомниться в справедливости Господа. Именно эта вера помогла ему вынести все испытания и не утратить надежды на лучшее.

Его мемуары лишены авторского тщеславия. Князь Юсупов рассказывает о себе и о других с простотой и величием настоящего аристократа, которому не надо ни перед кем отчитываться и ни в чём оправдываться.

Остаётся лишь отметить, что чувство собственного достоинства присуще не всем русским за границей. И в новых условиях его очень нелегко сохранить. Но если чувство собственного достоинства проверяется в противодействии негативным обстоятельствам, которые преподносит жизнь, то уместен разговор о двух великих танцовщиках – Вацлаве Нижинском и Рудольфе Нуриеве. Невольно провожу аналогии их судеб.

Вацлав Нижинский (1889-1950).

«В мире я встречал мало гениев, и одним из них был Нижинский», – отмечал Чарли Чаплин. Наверное, великому артисту удалось увидеть в Нижинском ту грань между гением и сумасшествием, о которой говорят врачи и философы. Ведь ни для кого не секрет, что в самом расцвете своей карьеры талантливейший танцовщик был сражён ментальным недугом.

Поляк по национальности, Вацлав Нижинский получил истинно русское воспитание. Он стал первым премьером в балете после почти столетнего господства женщин-танцовщиц. Был великолепным партнёром и, сам того не желая, даже в юности затмевал именитых дам (Анну Павлову, Тамару Карсавину).

Нижинский слыл фигурой противоречивой, и неизвестно, как сложилась бы его судьба, если бы он не встретил дьявола-искусителя, обещавшего мировую славу взамен души. Это был Сергей Дягилев. Подчиняясь ему во всём, Нижинский тем не менее договор не подписал и через некоторое время «удрал» в болезнь. После десяти лет на сцене около трёх десятилетий он прожил в мире, куда уже никто проникнуть не смог.

Нижинского нельзя было назвать красивым, зато на сцене он казался обаятельным и даже обольстительным красавцем.

Одним из первых его сны, тайны подсознания смутно попытался раскрыть хореограф Михаил Фокин. Он разглядел в темпераменте Вацлава присутствие всех природных стихий, а также мужское и женское начала. То, что природа наградила его возвышенной душой и утончённым эротизмом, как нельзя лучше соответствовало требованиям эпохи.

С Дягилевым Вацлава познакомил князь Львов, интимный друг танцовщика в дни его молодости. Дягилев взял на себя все расходы по содержанию Нижинского: поселял в роскошных апартаментах, делал дорогие подарки, дарил драгоценности, но несколько лет не выплачивал гонораров. Золотая клетка, выстроенная Дягилевым, абсолютно отделила Нижинского от реальности. «Послеполуденный отдых фавна» – первая, очень известная, знаковая и значимая постановка Нижинского – о пробуждении естественных чувств у юного полуживотного-получеловека.

Во время трансатлантического путешествия, впервые без присмотра Дягилева, Нижинский сблизился с молодой аристократкой Ромолой Пульски и сделал ей предложение. Начало семейного счастья положило конец его карьере. Как отреагировал Дягилев? Выслал телеграмму: «Русский балет в услугах Нижинского не нуждается». Открытие золотой клетки превратилось в безумие. Почти тридцать лет, проведённые в борьбе с этим недугом, фатально повлияли на творческую карьеру Нижинского, точнее практически не позволили ему активно работать и дарить свой божественный дар публике.

Ромола активно сопротивлялась безумию Нижинского. Перепутав жизнь и сцену, она была уверена, что вышла замуж за гения, а как оказалось – за безумца. Он и умер у неё на руках – в Англии.

Рудольф Нуриев (1938-1993).

Родился в России, татарин по происхождению. 17 августа 1955 года, в день выпуска учеников, Вера Костровицкая, одна из старейших педагогов Вагановского училища, сказала Рудольфу: «Молодой человек, вы можете стать блестящим танцовщиком, а можете – никем. Второе более вероятно». С этого времени Нуриев понял, что целеустремлённость приводит к победе, знал, как постоять за себя, и чувствовал врага безошибочно.

Выступление с «Эсмеральдой» на выпускном спектакле послужило началом его легенды. Подобный случай имел место лишь единственный раз за всю трёхсотлетнюю историю балета. В апреле 1907 года после выпускного экзамена Вацлава Нижинского Матильда Ксешинская, прима-балерина Императорского театра и самая могущественная персона в русском балете того времени, подошла к начинающему артисту и подчёркнуто заявила: «Молодой человек, вы только что стали моим партнёром».

Пятьдесят один год спустя история повторилась. Наталья Дудинская, прима-балерина и жена главного балетмейстера Кировского (Мариинского) театра Константина Сергеева, сделала Нуриеву такое же предложение.

Оба, Нижинский и Нуриев, ответили согласием. Оба получили талант от Бога. Оба выражали свою страсть, чувственность подсознания на сцене.

Бог дал Нуриеву здоровый разум, силу воли, Нижинскому – ранимую душу, чувствительность. Расплата за талант – болезнь души, отсутствие разума у Нижинского; болезнь тела – у Нуриева: десять лет он боролся со СПИДом, не оставляя постановки балетов.

В начале карьеры популярность Нуриева вызвала зависть коллег, а гомосексуальность ставила под угрозу его личную свободу.

В 1961 году – поездка в Париж. Первый выезд с труппой за рубеж – и отчаянное решение с риском для жизни получить свободу. В момент, когда Нуриев обратился за политическим убежищем, в кармане плаща он держал ножницы, чтобы покончить жизнь самоубийством в случае неудачи и насильственного возвращения в Советский Союз. Но судьба распорядилась иначе: его ждала блистательная карьера за рубежом и очень обеспеченная жизнь.

Первой работой был полугодовой контракт с труппой маркиза де Куэваса в Париже, отъезд в Копенгаген и – при материальной поддержке Эрика Брауна – возможность заниматься с датской группой.

Встреча с Брауном положила начало роману – одному из самых значительных в жизни обоих. Хотя их союз распался под натиском необходимости работать и делать карьеру, а во многом из-за непостоянства Нуриева, взаимная привязанность и внимание друг к другу сохранились на всю жизнь.

Профессиональную жизнь Нуриева коренным образом изменил телефонный звонок Марго Фонтейн, примы-балерины лондонской Королевской академии танца. Их первой совместной постановкой была «Жизель». Балет имел фантастический успех, и на многие годы Марго стала главной партнёршей Рудольфа.

Нуриеву принадлежит огромная честь возведения моста между классическим балетом и танцем модерн. Он создал новый мир балета, в котором мужчинам пришлось осваивать неведомый до того язык танца. Признанный и любимый во всём мире, Нуриев повсюду создавал условия для признания стиля и эстетики Эрика Брауна.

Если Баланчин и Грэхем сделали секс неотъемлемой частью своего искусства, то Нуриев стал его воплощением. Он наполнил эротикой сам воздух. Он обладал потрясающим телом.

Несмотря на слухи о его холодном сердце, Нуриев, несомненно, был способен на глубокие и длительные чувства, менявшие жизнь его партнёров. Сколько бы артист ни скитался по миру, он провёл большую часть своей жизни на Западе, всегда имея прочный тыл. В 1960-х годах это был Эрик Браун, в конце 1970-х – Уоллес Поттс, а в последние десятилетия жизни – Роберт Трэси.

Нуриев участвовал в голливудских постановках. Исполнил роль Рудольфо Валентино в «Валентино» Кена Рассела. Руководил парижской Гранд-опера. Скандалы эпохи Нуриева в Гранд-опера – обратная сторона трансформации усталой балетной труппы в одну из лучших в мире.

Долгое время Нуриеву не удавалось побывать на родине. В ноябре 1987 года – его краткий визит в Уфу для прощания с матерью. Двенадцать лет в сражении с ВИЧ-инфекцией окончились смертью в Париже в январе 1993 года. Возле него находились сестра Роза и сиделка.

Нуриев и Нижинский похоронены в Париже. Оба умерли на руках любящих женщин – сестры и жены. Оба оставили после себя славу великих исполнителей, а Рудольф Нуриев – ещё и огромное состояние. Его недвижимость включала ранчо в Вирджинии и бунгало на берегу Карибского моря, каменный остров в Средиземном море, возле Капри (ранее принадлежавший Леониду Мясину, протеже Дягилева после Нижинского), роскошную парижскую квартиру, семикомнатные апартаменты в нью-йоркском небоскрёбе «Дакота», дом на побережье Тирренского моря, многочисленные произведения искусства, антиквариат.

Два таланта, родившиеся в России, и две такие разные судьбы.

Сумасшествие Нижинского – это предначертание судьбы? Или проявление слабости характера и неспособность противостоять нервному потрясению после разрыва с Дягилевым? Успех и богатство Нуриева – это счастливый дар судьбы? Или твёрдость характера и ум успешного предпринимателя?

Была ещё одна судьба – замечательного танцовщика Александра Годунова. Несмотря на талант, прекрасные внешние данные и протекцию влиятельных женщин, он не смог выдержать тягот эмиграции, тоску по родине, оставленному за плечами прошлому.

ЕВА

Роман журналистки

Ева была журналисткой, работавшей в Лос-Анджелесе. С Леваном Закарейшвили, известным грузинским режиссёром документального кино, она встретилась, когда редактор газеты, в которой печатались её статьи, попросил взять у него интервью.

Обычно Ева ездила на интервью на собственной машине, но в тот день её подвезли друзья. Взяв после просмотра фильма интервью у Левана, она согласилась остаться на ужин в честь виновника торжества.

Потом Леван вернулся в Москву, и их последний телефонный разговор состоялся после получения им премии «Ника». Он говорил ей о любви. Три месяца спустя пришла трагическая весть о его смерти, и любовь стала вечной. Всё, что оставалось Еве, это писать своему возлюбленному то, что никогда им прочитано не будет.

Сегодня годовщина твоей смерти, Леван. Ты – там, а я всё ещё здесь.

Ты обещал вернуться в Голливуд, мечтал снимать здесь фильмы. Пережил грузино-абхазскую войну. Я сама касалась пальцами твоих шрамов, когда ты говорил, что, как настоящий мужчина, ты должен был воевать. Да, ты пережил войну, но не смог справиться с очередной дозой кокаина: подвело сердце. Так рассказывали. А может, и не в кокаине было дело? Может, твоё сердце не выдержало, когда Россия и Грузия стали врагами? Я находилась в другой стране, ждала, когда ты приедешь, так что не знаю истинных причин твоей смерти.

Тогда предстоял показ твоего фильма – *Tbilisi – Tbilisi*.

– Гамарджоба, – весело произнесла, входя в зрительный зал, грузинка.

– Гамарджоба, – ответила ей половина зрительного зала.

Вторая половина зала оживлённо обсуждала достоинства женщин разной национальности. Краем уха я услышала о покорности и гордости грузинских женщин и кулинарных способностях – армянских.

А о чём же ещё можно говорить перед показом фильма на интернациональном кинофестивале под эгидой Американского института кинематографии?

Все ждали твоего выхода на сцену. Ты появился, сказал, что режиссёр должен показывать свою работу, а не говорить, и спокойно удалился.

Позже, в частной беседе, ты рассказал мне, что фильм готовился семь лет, а снимался два месяца. Герои фильма – твои молодые ученики, ведь ты был профессором кинематографии. *Tbilisi – Tbilisi* – твой седьмой фильм. А мог быть семидесятый, если бы не драматические обстоятельства судьбы, тесно переплетённой с судьбой твоей родной Грузии.

Фильм был снят в оригинальном стиле художественной документалистики. Ты был новатором в этой области, чем активно привлекал европейских фильммейкеров. Удивительно точно были переданы драматические образы. Художественное отображение реальной действительности в сочетании с игрой воображения подняты до уровня настоящего искусства.

В Европе твои работы называли элитарными. Твой фильм был представлен на Каннском кинофестивале в разделе «авторское кино». Получил премию на престижном кинофестивале «Киношок». Был преноминирован на «Оскар» от Грузии в категории Иностранного художественного кино. И буквально в день нашей встречи мы узнали о номинации на «Нику», что тоже было своеобразным «Оскаром» в мире российского кино. В общем, ты был на пике успеха.

О чём был этот фильм? О шокирующей реальности в современной Грузии после распада Советского Союза и о любви к Грузии. О том, что на фоне разрухи, нищеты, жестокости, беспомощности и цинизма существуют духовные ценности доброты, взаимопомощи, женской чести, – именно они всегда составляли суть грузинского народа. То, что эти ценности, способные возродить твою страну, существуют не только на плёнке, я смогла убедиться после фильма, когда была приглашена в гостеприимный лос-анджелесский дом талантливого художника Гии Чиквaидзе. Здесь собрались удивительные люди, фамильные корни которых так или иначе связаны с Грузией. Замечательные, берущие за душу работы Гии на стенах стали фоном для их беседы. Говорили о Грузии, о твоём фильме, учениках, учителях, благодаря которым фильм получился и снискал высокие оценки. За стол меня посадили рядом с тобой – ведь ты был почётным гостем. Ты выпивал, провозглашал тосты и становился смелее. Но не настолько, чтобы сказать, что я тебе нравлюсь (а это становилось ясно с каждой минутой). Ты попросил своего друга поговорить со мной об этом, и я уже не могла сопротивляться притяжению, которое возникло между нами.

Если бы я встретила тебя сейчас – никуда бы не отпустила. Хотя что я могу теперь… А знаешь, что я любила больше всего в тебе? Твою улыбку. Твои умные, лукавые, смеющиеся глаза. И твои сильные руки. Поэтому так сложно, совершенно невозможно смириться с тем, что мы какое-то время не виделись. И как оказалось, то были последние месяцы твоей жизни.

Знаешь, с возрастом я стала замечать собственный максимализм. Я способна вырвать из сердца близкого мне человека и не вспоминать о нём. Происходит ли это из-за душевной чёрствости? Не думаю.

Несколько лет назад одно присутствие любви освещало мою жизнь и наполняло её смыслом. С возрастом жизнь предполагает желание сделать карьеру, преуспеть, быть лучше, умнее, богаче. Но на сердце при этом становится тускло. Отчего?..

Мой дорогой, мне так нужны твоя поддержка, твоё сочувствие, твоя любовь. Вот показалось, что ты думаешь обо мне, – и на душе стало светло. Как будто лампочка включилась.

Я всё-таки надеюсь на помощь. Пусть она исходит не от тебя, но ведь должны быть на небесах штатные ангелы, которые способны заступиться за любовь? Если так, я бы хотела знать их имена…

А тебя прошу – приснись мне, пожалуйста.

ЭЛИС

Разговор с Мастером

*Любовь не даёт Вам ничего, кроме света.
Очарованные этим светом, Вам будут
кланяться даже короли.
Йоги Бхаджан. Мастер кундалини-йоги*

К своим тридцати трём годам Элис уже понимала, что, проживая жизнь и отдавая любовь, человек не получает ничего взамен, кроме, пожалуй, одного – возможности ощутить любовь абсолютную, божественную. Это невозможно объяснить словами, потому что этот вопрос обращён больше не к разуму, а к сердцу.

Прожив насыщенную в эмоциональном и духовном плане жизнь, Элис считала, что божественная любовь – апогей в сфере человеческих эмоций. И проявляется в любви к Богу, любви к миру как к творению Бога, любви к людям как к великим душам, пришедшим на землю, чтобы проявить свою высшую человеческую природу. Это было самое большое духовное познание Элис. В понятие «духовное» она вкладывала способность открыть себя бесконечному, где человек свободен творить, независимо от времени, пространства, смерти или каких-либо ограничений.

Ей посчастливилось встретиться с мастером йоги Бхаджаном, жизненным стержнем которого стала любовь Духовного Учителя – суровая и сострадательная, терпимая и бескомпромиссная, ничего не требующая и в то же время желающая лишь одного: чтобы человек стал действительно Человеком, проявив Свет своей Души.

Источники цитат – лекции, прочитанные йоги Бхаджаном с 1970 по 2001 год (перевод с английского Жанны Прокошиной, сборник «О Любви», издательство Yoga-Press).

Любовь – это состояние ума и подлинности тела, в котором Вам неизвестно ничего, кроме доброты сердца в силе Бога.

Каков самый главный Закон Любви?
– Любовь – это отдача.
Совершив отдачу
У лотоносных стоп мастера,
            Вы становитесь Мастером.
Став Мастером,
      Вы отдаёте свою вселенную всей Вселенной,
И тогда Вы становитесь Божественными.
Отдав свою божественность
Бесконечности, Вы становитесь Бесконечными.
Таков Закон Любви.

Я не прошу Вас любить Бога,
Я прошу вас быть благородными,
Пусть Господь знает,
                           что вы достойны его Любви.

Любовь, которая не делает Вас бесконечными,
Это не Любовь.
Бесконечная Любовь – это сила внутри Души,
Которая притягивает всемогущего Бога.
Это не молитва. Это сила.
Любовь – это чистота.
Любовь – это бесконечность.
Любовь – это милость.

Через Чистый Ум
Вы можете видеть свет души.
Через свет души
Вы увидите всю Вселенную,
Такую щедрую, прекрасную
И представляющую не что иное,
Как саму Любовь.

Доверие – это нить Любви.

Любовь – это признание себя.
Когда Вы любите себя,
То чувствуете себя
Настолько богатыми,
Что можете позволить себе
Любить всех.

Человеческая любовь
Только для одного –
Полюбить свою душу.
Тогда Бесконечный мир
Вокруг Вас
Влюбится в Вас.

Любовь – это переживание
Себя внутри себя,
В котором другой человек
                              полностью растворяется…
Он перестаёт существовать!
Пока Вы существуете
Как полярности,
Любви не может быть.
Медь и никель,
Сплавленные вместе, образуют бронзу.
Вы их нагреваете, куёте, бросаете в огонь,
Они никогда не станут снова медью и никелем.
У любви не бывает вопросов,
В вопросах нет Любви.
С самого первого дня мы пытаемся определить,
Что такое Любовь.

И до последнего дня,
Пока земля не рассыплется
                              на мельчайшие частички,
Мы будем продолжать эти поиски.
Но те, кто переживает Любовь, молчат.
Самое первое в Любви – в ней нет боли.

Супружество приносит счастье.
Это слияние двух душ.
И когда происходит такое слияние,
Не остаётся ничего раздельного.
Вопрос о Ней или о Нём
Просто не существует, вот и всё.
Нет никаких потерь,
Нет никаких поражений
И нет никаких банковских счетов.
Любовь – это слияние, но не подстройка.
Любовь – это очищение,
                    а не приблизительное понимание.
Там, где страх,
Там нет Любви.
Тот, кто боится, – калека.

Мужчина действительно любит женщину
                              не из-за секса,
Он любит её не потому, что она хорошо готовит.
И он любит её не потому, что она хорошая мать.
Он любит её потому, что она может
Вывести его за рамки земного.
Он хочет, чтобы она перевела его
В такое состояние или в такой транс,
Который сможет разрешить конфликт его ума
И дать ему успокоение.
Он любит её потому,
                что она может дать ему переживание
Расширенного и бесконечного Я.
Это главный фундамент
Для долгой Любви.

Если мужчина действительно любит свою жену,
То он будет желать, чтобы она развивалась
                    и проявляла свою Бесконечность,
Поскольку тогда она сможет вдохновлять к тому,
                                    что будет выше
Любых его мечтаний.

Женщина не любит Вас.
Ещё ни одна женщина,
У которой есть матка и
Менструальные циклы,
Не обладала способностью
Любить мужчину.
Я повторяю это утверждение:
Ни у одной женщины
С полным физическим циклом
Менструации никогда не было инстинкта,
Прямого или косвенного,
Любить мужчину.
Что любит женщина?
Свою собственную реализацию.
Свою силу.
Свою безопасность и уверенность:
Если мужчина не может дать ей этого,
                                    ничего не выйдет.

Что любит мужчина,
Любит ли он женщину?
Нет.
Любит ли он то же самое,

Что любит женщина?
Нет.
Мужчина любит только одно:
Мужчина любит укрытие.

Если Вы влюбляетесь,
Потому что женщина богата,
То должны понимать,
Что Вы бедны.
Если вы влюбляетесь,
Потому что она полна творчества,
То Вы хотите наполнить себя.
Когда мужчина женится
Для того, чтобы женщина помогала его
Профессиональному росту,
Тогда, завершив своё образование
                          и желая самоутверждения,
Он разводится с женой.
Это происходит потому,
          что фокусом отношений была мотивация,
В данном случае мотивация обоих –
                          профессиональный рост мужа.
Однако мотивация не может быть
                          базой отношений,
В отношениях должно быть обязательство.

Любовь – это то, в чём вы служите.
Если муж и жена,
Возлюбленные и влюблённые
Будут служить друг другу,

А не контролировать друг друга,
Не просто быть рядом друг с другом…
Вы знаете, весь мир превратится в рай…
Любовь – это очень реалистичное служение
друг другу.

Я спросил сегодня о том,
Почему люди хотят слышать:
«Я люблю тебя, я люблю тебя»?
Один раз сказано, и всё в порядке.
Но нет, мы хотим подтверждений.
Мы хотим,
Чтобы кто-то говорил нам
Снова и снова одно и то же:
«Я люблю тебя, я люблю тебя».
Я не знаю, что это значит, но звучит хорошо.

Кто-то любит Вас, это здорово.
Волнительно и здорово,
Какое удовлетворение!
Однако если Любовь,
Которой Вас любят,
Глупа,
То помните, что эта Любовь
Прямо пропорциональна глупости.
Вас любит чья-то глупость,
Вас любит чья-то слабость,
Вас любит чья-то фобия.
Чья-то удача любит Вас,
Чьё-то богатство любит Вас.

Любовь же означает полноту!
Так что поймите правильно:
Не бывает так, чтобы
В Любви участвовала лишь одна часть,
А другая оставалась в стороне.

Любовь с условиями – это сделка,
Это бизнес.
Любовь есть Бог!
Любовь – это не бизнес.
Любовь непродажна и неподкупна.
У Любви нет альтернативы.
Если у Вас есть альтернатива,
То у вас нет алтаря.

Любите ли Вы своих детей?
Да, они прекрасны.
А разве эта невинная душа
В Вас самих – не есть дитя вашей жизни?
Вы когда-нибудь целовали душу?
Вы обнимали душу?
Вы разговаривали с душой по утрам
В Божественные неземные часы,
Когда нет абсолютно никаких отвлечений?

Запомните:
Любовь без веры
И вера без любви
Ничего не значат.

Любовь – это не что иное, как
Бесконечная вера.
Это не что иное,
Как Любовь.

Любовь – это расширение,
А страх – сокращение.
Обе эти силы создают преграды.
Любовь
В её конечном проявлении –
Это тупик, майя, мир.
Чтобы достичь экстаза,
Смешайте Любовь с Бесконечностью.

…Как можете Вы Любить,
Если Вы стали сами собой,
Если свеча в Вас не зажжена…
Пламя не разбужено,
Если в Вас нет Жара…
Вы занимаетесь каким-то пиаром –
Тогда отправляйтесь в какое-нибудь
Рекламное агентство.

Вам необходимо понять теорию Любви.
Разве может быть Любовь большая,
Чем когда Бог находится
В вашем присутствии или
Вы – в присутствии Бога?
Разве может быть большее чудо?

Ваша Любовь – это ваша фантазия о том,
Чтобы нравиться другим.
Любовь
Приходит от первого объятия вашей матери.
Даже сегодня вы по-прежнему
Ищете это объятие
И будете до гроба искать его.

Ведь есть то, что вы никогда не познаете –
И это ваша собственная мать.

Вы знаете, что такое Любовь?
Любовь – это постоянная память.
Она приходит с каждым вдохом,
Она живёт,
Она возвышает Вас.
Тело – это переживание оболочки.
Ум – это пожизненное переживание.
Душа – это истинное переживание.

Об авторе

Марина Устинова – врач, посвятившая жизнь интеграции традиционной и нетрадиционной медицины. Иммигрировала в США в 1999 году. Действительный член Американской академии антивозрастной медицины, обучалась в аспирантуре Калифорнийского Тихоокеанского медицинского центра (Сан-Франциско). Сертифицированный преподаватель кундалини-йоги, перинатальной и постнатальной йоги, мастер рэйки, продюсер ДВД «Кундалини-йоги для омоложения» и автор книги «Йога как лекарство для омоложения организма».

О семинарах Марины в России и за рубежом можно узнать:

На сайте:
www.marinaustinova.com

Facebook:
Antiaging Yoga Official

E-mail (для обратной связи):
beautyinsideout@europe.com

Марина Устинова
ЭВОЛЮЦИЯ ЛЮБВИ

Редакторы:
Ольга Новикова,
Сюзанна Орлова

Компьютерная вёрстка, макет обложки: Михаил Кондратенко

Фотографии:
Сергей Аринушкин, рекламное агентство «Позитив»
Брайан Фаррелл
Олег Вайднер
Нина Китц
Юрий Шиллер
Геннадий Котлярчук

В книге также использованы фотографии
из личного архива автора

Главный редактор издательства: Семён Каминский

Bagriy & Company, Inc.
Chicago, Illinois, USA

printbookru@gmail.com